RELATOS
FANTÁSTICOS
LATINOAME
(2)

DATE DUE

OC 29 '98			
JA 02			
AP 2 '03			
AG 1 3			

DEMCO 38-296

Comité de Colección: Antonio Albarrán - Ramón Cañelles - Pilar Fernández - Beatriz Fernández - María Jesús Garrido - Ignacio González - Avelino Hernández - Mercedes Iglesias - Carmen Magariños - Guillermo Martínez - Santiago S. Torrado - Nieves Zuasti.

Selección, introducción y notas de este volumen: José Henríquez.

RELATOS
FANTASTICOS
LATINOAMERICANOS
(2)

A. **M**onterroso. H. **Q**uiroga.
J. **C**ortázar. J. L. **B**orges.
M. **R**ojas. A. **R**oa Bastos.
G. **G.** Márquez. J. J. **A**rreola.
A. **C**arpentier.

EDITORIAL
POPULAR

El Ministerio de Cultura colabora a la edición de este libro.

Edita: EDITORIAL POPULAR, S.A. Bola, 3.
28013 Madrid. Tel.: 248 27 88.
Cubierta e ilustraciones: Marcelo Spotti.
Fotocomposición: CENIT.
Imprimen: Interior, FARESO. Cubierta: G. LETRA, S.A.
ISBN: 84-86524-42-3
Dep. legal: M. 37-426-1989

INTRODUCCION

América Latina es una región prolífica en cuentos y en cultivadores de este género.

A fines del siglo pasado y comienzos del nuestro, los narradores latinoamericanos se inspiraron principalmente en las corrientes realistas de los movimientos literarios europeos, y acuñaron sus propias variantes del "costumbrismo": la reivindicación del mundo rural y autóctono ("criollismo"), la presencia del indio, del mestizo y del negro en la narrativa, la irrupción de la industrialización y de las clases trabajadoras (literaturas "indigenistas", "afroamericanas", "sociales" y "comprometidas").

Paralelamente, desde Horacio Quiroga, Rubén Darío y Leopoldo Lugones, ya en el siglo XX, se desarrollan con fuerza una serie de corrientes de literatura fantástica. Sus primeras fuentes de temas y recursos las encuentran en la invención del "cuento corto", y en las teorías estéticas de Edgar Allan Poe, difundidas por Charles Baudelaire; en los relatos fantásticos anglosajones y franceses, a partir de la literatura "gótica" y las "historias de fantasmas"; y también, las hallan en las propias tradiciones populares, en las leyendas, mitologías y cuentos de transmisión oral tanto autóctonas como importadas y "americanizadas".

En la actualidad, quizá la muestra más difundida de estas corrientes sea el llamado "realismo mágico", fórmula publicitaria con la que la industria editorial europea englobó a una serie de escritores y obras del ámbito fantástico, muy diferentes entre sí, en los años sesenta.

Este volumen recoge nueve narraciones de escritores de este siglo, que exponen un pequeño abanico de temas y recursos de la literatura fantástica. En seis de ellos, el texto hace convivir abiertamente la realidad empírica y la realidad imaginaria.

«El hombre de la rosa» presenta quizá el desarrollo más

lineal y próximo a la narrativa popular en un tema de "poderes mágicos". En cambio, cuatro cuentos coinciden en estrategias más intelectuales y abiertas de lectura: «Continuidad de los parques» propone una serie de espejos que funde los acontecimientos "cotidianos" y los "literarios"; «El libro de arena» juega con la posibilidad de un objeto inconcebible y «Semejante a la noche» se construye como un viaje a través del tiempo, cuyo protagonista, "el héroe que parte", puede ser él mismo (o todos los héroes que parten) hasta el infinito. «El eclipse» explora el equívoco de dos mundos que al protagonista le parecen paralelos: confía su salvación en un hecho que él imagina fantástico y mágico para los otros.

Hay otros dos que recurren a la distorsión y transformación de una situación normal y cotidiana, hasta llevarla al absurdo fantástico: «El ahogado más hermoso del mundo» y «El guardagujas».

Por último, dos relatos juegan en una zona ambigua, el paso de la vida a la muerte, la frágil frontera de la vivencia, el sueño y la imaginación: el monólogo interior y exterior a la vez de un agonizante («El hombre muerto») y el retorno de una situación fatal, en la que el protagonista ha sido una vez el victimario y en otra ocasión será la víctima («La excavación»).

José Henríquez

EL ECLIPSE

Augusto Monterroso

$\mathscr{C}$uando fray Bartolomé Arrazola se sintió perdido aceptó que ya nada podría salvarlo. La selva poderosa de Guatemala lo había apresado, implacable y definitiva. Ante su ignorancia topográfica se sentó con tranquilidad a esperar la muerte. Quiso morir allí, sin ninguna esperanza, aislado, con el pensamiento fijo en la España distante, particularmente en el convento de Los Abrojos, donde Carlos Quinto* condescendiera una vez a bajar de su eminencia para decirle que confiaba en el celo religioso de su labor redentora.

Al despertar se encontró rodeado por un grupo de indígenas de rostro impasible que se disponían

---

* *Carlos Quinto*: Emperador de Alemania y Rey de España (1500-1558) durante la época de su expansión colonial, tiempo en que se sitúa el relato.

a sacrificarlo ante un altar, un altar que a Bartolomé le pareció como el lecho en que descansaría, al fin, de sus temores, de su destino, de sí mismo.

Tres años en el país le habían conferido un mediano dominio de las lenguas nativas. Intentó algo. Dijo algunas palabras que fueron comprendidas.

Entonces floreció en él una idea que tuvo por digna de su talento y de su cultura universal y de su arduo conocimiento de Aristóteles. Recordó que para ese día se esperaba un eclipse total de sol. Y dispuso, en lo más íntimo, valerse de aquel conocimiento para engañar a sus opresores y salvar la vida.

—Si me matáis —les dijo— puedo hacer que el sol se oscurezca en su altura.

Los indígenas lo miraron fijamente y Bartolomé sorprendió la incredulidad de sus ojos. Vio que se produjo un pequeño consejo, y esperó confiado, no sin cierto desdén.

Dos horas después el corazón de fray Bartolomé Arrazola chorreaba su sangre vehemente sobre la piedra de los sacrificios (brillante bajo la opaca luz de un sol eclipsado), mientras uno de los indígenas recitaba sin ninguna inflexión de voz, sin prisa, una por una, las infinitas fechas en que se producirían eclipses solares y lunares, que los astrónomos de la comunidad maya* habían previsto

---

* *Comunidad maya*: Perteneciente a alguno de los pueblos de la civilización maya, asentados en Yucatán y la actual Centroamérica desde antes de nuestra era.

y anotado en sus códices* sin la valiosa ayuda de Aristóteles.

---

* *Códices*: Colección o serie de manuscritos; registro de conoci-mientos, reglas, normas.

© Augusto Monterroso. Seleccionado de «Obras completas y otros cuentos» (Joaquín Moritz, México).

Augusto Monterroso, Guatemala, 1924. Escritor, profesor y di-plomático. Entre sus obras, destacamos «La oveja negra y demás fábulas».

EL HOMBRE MUERTO

Horacio Quiroga

*E*l hombre y su machete acababan de limpiar la quinta calle del bananal. Faltábanles aún dos calles; pero como en éstas abundaban las chircas* y malvas silvestres, la tarea que tenían por delante era muy poca cosa. El hombre echó en consecuencia una mirada satisfecha a los arbustos rozados, y cruzó el alambrado para tenderse un rato en la gramilla**.

Mas al bajar el alambre de púa y pasar el cuerpo, su pie izquierdo resbaló sobre un trozo de

---

* *Chirca*: árbol americano, de flores amarillas y frutos almendrados.
** *Gramilla*: planta gramínea americana utilizada como pasto.

corteza desprendida del poste, a tiempo que el machete se le escapaba de la mano. Mientras caía, el hombre tuvo la impresión sumamente lejana de no ver el machete de plano en el suelo.

Ya estaba tendido en la gramilla, acostado sobre el lado derecho, tal como él quería. La boca, que acababa de abrírsele en toda su extensión, acababa también de cerrarse. Estaba como hubiera deseado estar, las rodillas dobladas y la mano izquierda sobre el pecho. Sólo que tras el antebrazo, e inmediatamente por debajo del cinto, surgían de su camisa el puño y la mitad de la hoja del machete; pero el resto no se veía.

El hombre intentó mover la cabeza, en vano. Echó una mirada de reojo a la empuñadura del machete, húmeda aún del sudor de su mano. Apreció mentalmente la extensión y la trayectoria del machete dentro de su vientre, y adquirió, fría, matemática e inexorable, la seguridad, de que acababa de llegar al término de su existencia.

La muerte. En el transcurso de la vida se piensa muchas veces en que un día, tras años, meses, semanas y días preparatorios, llegamos a nuestro turno al umbral de la muerte. Es la ley fatal, aceptada y prevista; tanto, que solemos dejarnos llevar placenteramente por la imaginación a ese momento, supremo entre todos, en que lanzamos el último suspiro.

Pero entre el instante actual y esa postrera aspiración, ¡qué de sueños, trastornos, esperanzas y dramas presumimos en nuestra vida! ¡Qué nos reserva aún esta existencia llena de vigor, antes de su eliminación del escenario humano! Es éste el consuelo, el placer y la razón de nuestras divagaciones mortuorias: ¡Tan lejos está la muerte y tan imprevisto lo que debemos vivir aún!

¿Aún?.. No han pasado dos segundos: el sol está exactamente a la misma altura; las sombras no han avanzado un milímetro. Bruscamente, acaban de resolverse para el hombre tendido las divagaciones a largo plazo: Se está muriendo.

Muerto. Puede considerarse muerto en su cómoda postura.

Pero el hombre abre los ojos y mira ¿Qué tiempo ha pasado? ¿Qué cataclismo ha sobrevenido en el mundo? ¿Qué trastorno de la naturaleza trasuda* el horrible acontecimiento?

Va a morir. Fría, fatal e ineludiblemente, va a morir.

El hombre resiste —¡es tan imprevisto este horror! Y piensa: Es una pesadilla; ¡esto es! ¿Qué ha cambiado? Nada. Y mira: ¿No es acaso ese bananal su bananal? ¿No viene todas las mañanas a limpiarlo? ¿Quién lo conoce como él? Ve perfectamente el bananal, muy raleado, y las anchas hojas desnudas al sol. Allí están, muy cerca, deshilachadas por el viento. Pero ahora no se mueven... Es la calma de mediodía; pronto deben ser las doce.

---

* *Trasuda*: de trasudar, sudar ligero, de miedo y ansiedad; aquí, en sentido figurado.

Por entre los bananos, allá arriba, el hombre ve desde el duro suelo el techo rojo de su casa. A la izquierda, entrevé el monte y la capuera* de canelas. No alcanza a ver más, pero sabe muy bien que a sus espaldas está el camino al puerto nuevo; y que en la dirección de su cabeza, allá abajo, yace en el fondo del valle el Paraná dormido como un lago. Todo, todo exactamente como siempre; el sol de fuego, el aire vibrante y solitario, los bananos inmóviles, el alambrado de postes muy gruesos y altos que pronto tendrá que cambiar.

¡Muerto! ¡Pero es posible! ¿No es éste uno de los tantos días en que ha salido al amanecer de su casa con el machete en la mano? ¿No está allí mismo, a cuatro metros de él, su caballo, su *Malacara*, oliendo parsimoniosamente el alambre de púas?

¡Pero sí! Alguien silba... No puede ver, porque está de espaldas al camino; más siente resonar en el puentecito los pasos del caballo... Es el muchacho que pasa todas las mañanas hacia el puerto nuevo, a las once y media. Y siempre silbando. Desde el poste descascarado que toca casi con las botas, hasta el cerco vivo del monte que separa el bananal del camino, hay quince metros largos. Lo sabe perfectamente bien, porque él mismo, al levantar el alambrado, midió la distancia.

¿Qué pasa, entonces? ¿Es ese o no un natural mediodía de los tantos en Misiones, en su monte,

---

* *Capuera*: arboleda de canelos o canelas.

en su potrero, en su bananal ralo? ¡Sin duda! Gramilla corta, conos de hormigas, silencio, sol a plomo...

Nada, nada ha cambiado. Sólo él es distinto. Desde hace dos minutos su persona, su personalidad viviente, nada tiene ya que ver con el potrero, que formó él mismo a azada, durante cinco meses consecutivos, ni con el bananal, obra de sus solas manos. Ni con su familia. Ha sido arrancado bruscamente, naturalmente, por la obra de una cáscara lustrosa y un machete en el vientre. Hace dos minutos: se muere.

El hombre, muy fatigado y tendido en la gramilla sobre el costado derecho, se resiste siempre a admitir un fenómeno de esa trascendencia, ante el aspecto normal y monótono de cuanto mira. Sabe bien la hora: las once y media... El muchacho de todos los días acaba de pasar sobre el puente.

¡Pero no es posible que haya resbalado...! El mango de su machete (pronto deberá cambiarlo por otro; tiene ya poco vuelo) estaba perfectamente oprimido entre su mano izquierda y el alambre de púas. Tras diez años de bosque, él sabe muy bien cómo se maneja un machete de monte. Está solamente muy fatigado del trabajo de esa mañana, y descansa un rato como de costumbre.

¿La prueba?.. ¡Pero esa gramilla que entra ahora por la comisura de su boca la plantó él mismo, en panes de tierra distantes un metro uno de otro! ¡Y ese es su bananal; y ese es su *Malacara*, resoplando cauteloso ante las púas del alambre! Lo ve perfectamente; sabe que no se atreve a doblar la esquina del alambrado, porque él está echado casi al pie del poste. Lo distingue muy bien; y ve los hilos oscuros de sudor que arrancan de la cruz y del anca. El sol cae a plomo, y la calma es muy grande, pues ni un fleco de los bananos se mueve. Todos los días, como *ése*, ha visto las mismas cosas.

...Muy fatigado, pero descansa solo. Deben de haber pasado ya varios minutos... y a las doce menos cuarto, desde allá arriba, desde el chalet de techo rojo, se desprenderán hacia el bananal su mujer y sus dos hijos, a buscarlo para almorzar. Oye siempre, antes que las demás, la voz de su chico menor que quiere soltarse de la mano de su madre: ¡Piapiá! ¡Piapiá!
—¿No es eso...? ¡Claro, oye! Ya es la hora. Oye efectivamente la voz del hijo...

¡Qué pesadilla...! ¡Pero es uno de los tantos días, trivial como todos, claro está! Luz excesiva, sombras amarillentas, calor silencioso de horno sobre la carne, que hace sudar al *Malacara* inmóvil ante el bananal prohibido.

...Muy cansado, mucho, pero nada más. ¡Cuántas veces, a mediodía como ahora, ha cruzado volviendo a casa ese potrero, que era capuera cuando él llegó, y que antes había sido monte virgen! Volvía entonces, muy fatigado también, con su machete pendiente de la mano izquierda, a lentos pasos.

Puede aún alejarse con la mente, si quiere; puede si quiere abandonar un instante su cuerpo y ver desde el tajamar* por él construido, el trivial paisaje de siempre: el pedregullo volcánico con gramas rígidas; el bananal y su arena roja; el alambrado empequeñecido en la pendiente, que se acoda hacia el camino. Y más lejos aún ver el potrero, obra sola de sus manos. Y al pie de un bosque descascarado, echado sobre el costado derecho y las piernas recogidas, exactamente como todos los días, puede verse a él mismo, como un pequeño bulto asoleado sobre la gramilla, descansando, porque está muy cansado...

Pero el caballo rayado de sudor, e inmóvil de cautela ante el esquinado del alambrado, ve también al hombre en el suelo y no se atreve a costear el bananal, como desearía. Ante las voces que ya están próximas —¡Piapiá!—, vuelve un largo rato las orejas inmóviles al bulto; y tranquilizado al fin, se decide a pasar entre el poste y el hombre tendido —que ya ha descansado.

---

* *Tajamar*: dique, pieza angular para dividir el curso de un río o arroyo.

Horacio Quiroga, Uruguay, 1878-1937. Narrador y en ocasiones poeta y dramaturgo, vive la mayor parte de su vida en Argentina. Sus libros más difundidos son «Cuentos de la selva» y «Cuentos de locura, de amor y de muerte».

Continuidad de los parques

Julio Cortázar

Había empezado a leer la novela unos días antes. La abandonó por negocios urgentes, volvió a abrirla cuando regresaba en tren a la finca; se dejaba interesar lentamente por la trama, por el dibujo de los personajes. Esa tarde, después de escribir una carta a su apoderado y discutir con el mayordomo una cuestión de aparcerías, volvió al libro en la tranquilidad del estudio que miraba hacia el parque de los robles. Arrellanado en su sillón favorito, de espaldas a la puerta que lo hubiera molestado como una irritante posibilidad de intrusiones, dejó que su mano izquierda acariciara una y otra vez el terciopelo verde y se puso a leer los últimos capítulos. Su memoria retenía sin esfuerzo los nombres y las imágenes de los protagonistas; la ilusión novelesca lo ganó casi enseguida. Gozaba del placer casi perverso de irse desgajando línea a línea de lo que lo rodeaba, y sentir a la vez que su cabeza descansaba cómodamente en el terciopelo del alto respaldo, que los cigarrillos seguían al alcance de la mano, que más allá de los ventanales danzaba el aire del atardecer bajo los robles. Palabra a palabra, absorbido por la sórdida disyuntiva de los héroes, dejándose ir hacia las imágenes que se concertaban y adquirían color y movimiento, fue testigo del último encuentro en la cabaña del monte. Primero entraba la mujer, recelosa; ahora llegaba el amante, lastimada la cara por el chicotazo de una rama. Admirablemente restañaba ella la sangre con sus besos, pero él rechazaba las caricias, no había venido para repetir las ceremonias de una pasión secreta, protegida por un mundo de hojas secas y senderos furtivos. El puñal se entibiaba contra su pecho, y debajo latía la libertad agazapada. Un diálogo anhelante corría por las páginas como un arroyo de serpientes, y se sentía que todo está decidido desde siempre. Hasta esas caricias que enredaban el cuerpo del amante como queriendo retenerlo y disuadirlo, dibujaban abominablemente la figura de otro cuerpo que era necesario destruir. Nada había sido olvidado: coartadas, azares, posibles errores. A partir de esa hora cada instante tenía su empleo minuciosamente atribuido. El doble repaso despiadado se interrumpía apenas para que una mano acariciara una mejilla. Empezaba a anochecer.

Sin mirarse ya, atados rígidamente a la tarea que los esperaba, se separaron en la puerta de la cabaña. Ella debía seguir por la senda que iba al norte. Desde la senda opuesta él se volvió un instante para verla correr con el pelo suelto. Corrió a su vez, parapetándose en los árboles y los setos, hasta distinguir en la bruma malva del crepúsculo la alameda que llevaba a la casa. Los perros no debían ladrar, y no ladraron. El mayordomo no estaría a esa hora, y no estaba. Subió los tres peldaños del porche* y entró. Desde la sangre galopando en sus oídos le llegaban las palabras de la mujer: primero una sala azul, después una galería, una escalera alfombrada. En lo alto, dos puertas. Nadie en la primera habitación, nadie en la segunda. La puerta del salón, y entonces el puñal en la mano, la luz de los ventanales, el alto respaldo de un sillón de terciopelo verde, la cabeza del hombre en el sillón leyendo una novela.

---

* *Porche*: soportal o galería de columnas en la entrada de una casa.

© Julio Cortázar, 1956 y Herederos de J. Cortázar. Seleccionado de «Final de juego» (Alfaguara, Madrid).

J. Cortázar, Argentina, 1914 - París 1984. Sus libros más difundidos son «Rayuela» (novela) e «Historias de cronopios y famas».

EL LIBRO DE ARENA

Jorge Luis Borges

«...*thy rope of sands*»... G. Herbert (1593-1693)*

*L*a línea consta de un número infinito de puntos; el plano, de un número infinito de líneas; el volumen, de un número infinito de planos; el hipervolumen, de un número infinito de volúmenes... No, decididamente no es éste, *more geométrico**, el mejor modo de iniciar mi relato. Afirmar que es verídico es ahora una convención de todo relato fantástico; el mío, sin embargo, *es* verídico.

Yo vivo solo, en un cuarto piso de la calle Belgrano. Hará unos meses, al atardecer, oí un golpe

---

* *Thy rope of sands*: «vuestro vínculo de arenas...» (inglés antiguo).
** *More geométrico*: del latín, fórmula que equivale a «según el método de demostración geométrico».

en la puerta. Abrí y entró un desconocido. Era un hombre alto, de rasgos desdibujados. Acaso mi miopía los vio así. Todo su aspecto era de pobreza decente. Estaba de gris y traía una valija gris en la mano. Enseguida sentí que era extranjero. Al principio lo creí viejo; luego advertí que me había engañado su escaso pelo rubio, casi blanco, a la manera escandinava. En el curso de nuestra conversación, que no duraría una hora, supe que procedía de las Orcadas.

Le señalé una silla. El hombre tardó un rato en hablar. Exhalaba melancolía, como yo ahora.

—Vendo biblias —me dijo.

No sin pedantería le contesté:

—En esta casa hay algunas biblias inglesas, incluso la primera, la de John Wiclif. Tengo asimismo la de Cipriano de Valera, la de Lutero, que literariamente. es la peor, y un ejemplar latino de la Vulgata. Como usted ve, no son precisamente biblias lo que me falta.

Al cabo de un silencio me contestó:

—No sólo vendo biblias. Puedo mostrarle un libro sagrado que tal vez le interese. Lo adquirí en los confines de Bikanir.

Abrió la valija y lo dejó sobre la mesa. Era un volumen en octavo, encuadernado en tela. Sin duda, había pasado por muchas manos. Lo examiné; su inusitado peso me sorprendió. En el lomo decía *Holy Writ** y abajo *Bombay*.

---

* *Holy Writ*: Sagrada Escritura. (Inglés antiguo).

—Será del siglo diecinueve —observé.

—No sé. No lo he sabido nunca —fue la respuesta.

Lo abrí al azar. Los caracteres me eran extraños. Las páginas, que me parecieron gastadas y de pobre tipografía, estaban impresas a dos columnas a la manera de una biblia. El texto era apretado y estaba ordenado en versículos. En el ángulo superior de las páginas había cifras arábigas. Me llamó la atención que la página par llevara el número (digamos) 40.514 y la impar, la siguiente, 999. La volví; el dorso estaba numerado con ocho cifras. Llevaba una pequeña ilustración, como es de uso en los diccionarios: un ancla dibujada a la pluma, como por la torpe mano de un niño.

Fue entonces que el desconocido me dijo:

—Mírela bien. Ya no la verá nunca más.

Había una amenaza en la afirmación, pero no en la voz.

Me fijé en el lugar y cerré el volumen. Inmediatamente lo abrí. En vano busqué la figura del ancla, hoja tras hoja. Para ocultar mi desconcierto, le dije:

—Se trata de una versión de la Escritura en alguna lengua indostánica, ¿no es verdad?

—No —me replicó.

Luego bajó la voz como para confiarme un secreto:

—Lo adquirí en un pueblo de la llanura a cambio de unas rupias y de la Biblia. Su poseedor no sabía leer. Sospecho que en el Libro de los Libros vio un amuleto. Era de la casta más baja; la gente no podía pisar su sombra, sin contaminación. Me dijo que su libro se llamaba el Libro de Arena, porque ni el libro ni la arena tienen ni principio ni fin.

Me pidió que buscara la primera hoja.

Apoyé la mano izquierda sobre la portada y abrí con el dedo pulgar casi pegado al índice. Todo fue inútil: siempre se interponían varias hojas entre la portada y la mano. Era como si brotaran del libro.
—Ahora busque el final.

También fracasé; apenas logré balbucear con una voz que no era la mía:
—Esto no puede ser.

Siempre en voz baja el vendedor de biblias me dijo:
—No puede ser, pero *es*. El número de páginas de este libro es exactamente infinito. Ninguna es la primera; ninguna, la última; No sé por qué están numeradas de ese modo arbitrario. Acaso para dar a entender que los términos de una serie infinita admiten cualquier número.

Después, como si pensara en voz alta:
—Si el espacio es infinito estamos en cualquier punto del espacio. Si el tiempo es infinito estamos en cualquier punto del tiempo.

Sus consideraciones me irritaron. Le pregunté:
—Usted es religioso, sin duda.
—Sí, soy presbiteriano. Mi conciencia está clara. Estoy seguro de no haber estafado al nativo

cuando le di la Palabra del Señor a trueque de su libro diabólico.

Le aseguré que nada tenía que reprocharse, y le pregunté si estaba de paso por estas tierras. Me respondió que dentro de unos días pensaba regresar a su patria. Fue entonces cuando supe que era escocés, de las islas Orcadas. Le dije que a Escocia yo la quería personalmente por el amor de Stevenson y de Hume*.

—Y de Robbie Burns —corrigió.

Mientras hablábamos yo seguía explorando el libro infinito. Con falsa indiferencia le pregunté:

—¿Usted se propone ofrecer este curioso espécimen al Museo Británico?

—No. Se lo ofrezco a usted —me replicó, y fijó una suma elevada.

Le respondí, con toda verdad, que esa suma era inaccesible para mí y me quedé pensando. Al cabo de unos minutos había urdido mi plan.

—Le propongo un canje —le dije—. Usted obtuvo este volumen por unas rupias y por la Escritura Sagrada; yo le ofrezco el monto de mi jubilación, que acabo de cobrar, y la Biblia de Wiclif en letra gótica. La heredé de mis padres.

—*A black letter Wiclif!*** murmuró.

Fui a mi dormitorio y le traje el dinero y el libro.

---

* *Stevenson, Hume, Robbie Burns:* se refiere a los escritores escoceses Robert Louis Stevenson (1850-1894) David Hume (1711-1776) y Robert Burns (1759-1796).
** *A black letter Wiclif:* «un apócrifo de Wiclif»; alude a un manuscrito de la primera versión inglesa de la Biblia, de John Wiclif (1330-1384), considerado hereje.

Volvió las hojas y estudió la carátula con fervor de bibliófilo.

—Trato hecho —me dijo.

Me asombró que no regateara. Sólo después comprendería que había entrado en mi casa con la decisión de vender el libro. No contó los billetes, y los guardó.

Hablamos de la India, de las Orcadas y de los *jarls* noruegos* que las rigieron. Era de noche cuando el hombre se fue. No he vuelto a verlo ni sé su nombre.

Pensé guardar el Libro de Arena en el hueco que había dejado el Wiclif, pero opté al fin por esconderlo detrás de unos volúmenes descabalados de *Las mil y una noches*.

Me acosté y no dormí. A las tres o cuatro de la mañana prendí la luz. Busqué el libro imposible, y volví las hojas. En una de ellas vi grabada una máscara. El ángulo llevaba una cifra, ya no sé cuál, elevada a la novena potencia.

No mostré a nadie mi tesoro. A la dicha de poseerlo se agregó el temor de que lo robaran, y después el recelo de que no fuera verdaderamente infinito. Esas dos inquietudes agravaron mi ya vieja misantropía. Me quedaban unos amigos; dejé de verlos. Prisionero del Libro, casi no me asomaba a la calle. Examiné con una lupa el gastado lomo y las tapas, y rechacé la posibilidad de algún artificio. Comprobé que las pequeñas ilustraciones dis-

---

* *Jarls noruegos*: nobles noruegos, señores de la nobleza escandinava del medievo, que gobernaban el archipiélago de las Orcadas, situado en la actual Escocia.

taban dos mil páginas una de otra. Las fui anotando en una libreta alfabética, que no tardé en llenar. Nunca se repitieron. De noche, en los escasos intervalos que me concedía el insomnio, soñaba con el libro.

Declinaba el verano, y comprendí que el libro era monstruoso. De nada me sirvió considerar que no menos mostruoso era yo, que lo percibía con ojos y lo palpaba con diez dedos con uñas. Sentí que era un objeto de pesadilla, una cosa obscena que infamaba y corrompía la realidad.

Pensé en el fuego, pero temí que la combustión de un libro infinito fuera parejamente infinita y sofocara de humo al planeta.

Recordé haber leído que el mejor lugar para ocultar una hoja es un bosque. Antes de jubilarme trabajaba en la Biblioteca Nacional, que guarda novecientos mil libros; sé que a mano derecha del vestíbulo una escalera curva se hunde en el sótano, donde están los periódicos y los mapas. Aproveché un descuido de los empleados para perder el Libro de Arena en uno de los húmedos anaqueles. Traté de no fijarme a qué altura ni a qué distancia de la puerta.

Siento un poco de alivio, pero no quiero ni pasar por la calle México.

Jorge Luis Borges, Argentina, 1899-1986. Poeta, narrador y ensayista argentino, considerado por muchos como el mayor escritor de lengua castellana en este siglo. Entre sus múltiples trabajos, «El Aleph» (cuentos), «Historia universal de la infamia» (cuentos y prosas breves), «El libro de arena», «El hacedor»...

EL HOMBRE DE LA ROSA

Manuel Rojas

*E*n el atardecer de un día de noviembre, hace ya algunos años, llegó a Osorno*, en misión catequista, una partida de misioneros capuchinos.

Eran seis frailes barbudos, de complexión recia, rostros enérgicos y ademanes desenvueltos.

La vida errante que llevaban les había diferenciado profundamente de los individuos de las demás órdenes religiosas. En contacto continuo con la naturaleza bravía de las regiones australes, he-

---

* *Osorno*: volcán; nombre de la región y ciudad del Sur de Chile, a 945 kilómetros de Santiago, su capital.

chos sus cuerpos a las largas marchas a través de las selvas, expuestos siempre a los ramalazos del viento y de la lluvia, estos seis frailes barbudos habían perdido ese aire de religiosidad inmóvil que tienen aquellos que viven confinados en el calorcillo de los patios del convento.

Reunidos casualmente en Valdivia, llegados unos de las reducciones indígenas de Angol, otros de La Imperial, otros de Temuco, hicieron juntos el viaje hasta Osorno, ciudad en que realizarían una semana misionera y desde la cual se repartirían luego, por los caminos de la selva, en cumplimiento de su misión evangelizadora.

Eran seis frailes de una pieza y con toda la barba.

Se destacaba entre ellos el padre Espinoza, veterano ya en las misiones del sur, hombre de unos cuarenta y cinco años, alto de estatura, vigoroso, con empaque de hombre de acción y aire de bondad y de finura.

Era uno de esos frailes que encantan a algunas mujeres y que gustan a todos los hombres.

Tenía una sobria cabeza de renegrido cabello, que de negro azuleaba a veces como el plumaje de los tordos. La cara de tez morena pálida, cubierta profusamente por la barba y el bigote capuchinos. La nariz un poco ancha; la boca, fresca; los ojos, negros y brillantes. A través del hábito se adivinaba el cuerpo ágil y musculoso.

La vida del padre Espinoza era tan interesante

como la de cualquier hombre de acción, como la de un conquistador, como la de un capitán de bandidos, como la de un guerrillero. Y un poco de cada uno de ellos parecía tener en su apostura, y no le hubieran sentado mal la armadura del primero, la manta y el caballo fino de boca del segundo y el traje liviano y las armas rápidas del último. Pero, pareciendo y pudiendo ser cada uno de aquellos hombres, era otro muy distinto. Era un hombre sencillo, comprensivo, penetrante, con una fe ardiente y dinámica y un espíritu religioso entusiasta y acogedor, despojado de toda cosa frívola.

Quince años llevaba recorriendo la región araucana. Los indios que habían sido catequizados por el padre Espinoza, adorábanlo. Sonreía al preguntar y al responder. Parecía estar siempre hablando con almas sencillas como la suya.

Tal era el padre Espinoza, fraile misionero, hombre de una pieza y con toda la barba.

Al día siguiente, anunciada ya la semana misionera, una heterogénea muchedumbre de catecúmenos llenó el primer patio del convento en que ella se realizaría.

Chilotes*, trabajadores del campo y de las industrias, indios, vagabundos, madereros, se fueron amontonando allí lentamente, en busca y espera de la palabra envangelizadora de los misioneros. Pobremente vestidos, la mayor parte descalzos o

---

* *Chilotes*: habitantes del Archipiélago de Chiloé, situado en el Sur de Chile, a 1.000 kilómetros de Santiago.

calzados con groseras ojotas*, algunos llevando nada más que camiseta y pantalón, sucias y destrozadas ambas prendas por el largo uso, rostros embrutecidos por el alcohol y la ignorancia; toda una fauna informe, salida de los bosques cercanos y de los tugurios de la ciudad.

Los misioneros estaban ya acostumbrados a ese auditorio y no ignoraban que muchos de aquellos infelices venían, más que en busca de una verdad, en demanda de su generosidad, pues los religiosos, durante las misiones, acostumbraban repartir comida y ropa a los más hambrientos y desharrapados.

Todo el día trabajaron los capuchinos. Debajo de los árboles o en los rincones del patio, se apilaban los hombres, contestando como podían, o como se les enseñaba, las preguntas inocentes del catecismo:

—¿Dónde está Dios?

—En el cielo, en la tierra y en todo lugar —respondían en coro, con una monotonía desesperante.

El padre Espinoza, que era el que mejor dominaba la lengua indígena, catequizaba a los indios, tarea terrible, capaz de cansar a cualquier varón fuerte, pues el indio, además de presentar grandes dificultades intelectuales, tiene también dificultades en el lenguaje.

Pero todo fue marchando, y al cabo de tres días,

---

* *Ojatas*: sandalias rústicas que usan los campesinos chilenos.

terminado el aprendizaje de las nociones elementales de la doctrina cristiana, empezaron las confesiones. Con esto disminuyó considerablemente el grupo de catecúmenos, especialmente el de aquellos que ya habían conseguido ropas o alimentos; pero el número siguió siendo crecido.

A las nueve de la mañana, día de sol fuerte y cielo claro, empezó el desfile de los penitentes, desde el patio a los confesionarios, en hilera acompasada y silenciosa.

Despachados ya la mayor parte de los fieles, mediada la tarde, el padre Espinoza, en un momento de descanso, dio unas vueltas alrededor del patio. Y volvía ya hacia su puesto, cuando un hombre lo detuvo, diciéndole:

—Padre, yo quisiera confesarme con usted.

—¿Conmigo, especialmente? —preguntó el religioso.

—Sí, con usted.

—¿Y por qué?

—No sé; tal vez porque usted es el de más edad entre los misioneros, y quizá, por eso mismo, el más bondadoso.

El padre Espinoza sonrió:

—Bueno, hijo; si así lo deseas y así lo crees, que así sea. Vamos.

Hizo pasar delante al hombre y él fue detrás, observándolo.

El padre Espinoza no se había fijado antes en él. Era un hombre alto, esbelto, nervioso en sus movimientos, moreno, de corta barba negra terminada en punta; los ojos negros y ardientes, la nariz fina, los labios delgados. Hablaba correctamente y sus ropas eran limpias. Llevaba ojotas, como los demás, pero sus pies desnudos aparecían cuidados.

Llegados al confesonario, el hombre se arrodilló ante el padre Espinoza y le dijo:

—Le he pedido que me confiese, porque estoy seguro de que usted es un hombre de mucha sabiduría y de gran entendimiento. Yo no tengo grandes pecados; relativamente, soy un hombre de conciencia limpia. Pero tengo en mi corazón y en mi cabeza un secreto terrible, un peso enorme. Necesito que me ayude a deshacerme de él. Créame lo que voy a confiarle y, por favor, se lo pido, no se ría de mí. Varias veces he querido confesarme con otros misioneros, pero apenas han oído mis primeras palabras, me han rechazado como a un loco y se han reído de mí. He sufrido mucho a causa de esto. Esta será la última tentativa que hago. Si me pasa lo mismo ahora, me convenceré de que no tengo salvación y me abandonaré a mi infierno.

El individuo aquel hablaba nerviosamente, pero con seguridad. Pocas veces el padre Espinoza había oído hablar así a un hombre. La mayoría de los que confesaba en las misiones eran seres vulgares, groseros, sin relieve alguno, que solamente le comunicaban pecados generales, comunes, de grosería o de liviandad, sin interés espiritual. Contestó, poniéndose en el tono con que le hablaban:

—Dime lo que tengas necesidad de decir y yo

haré todo lo posible por ayudarte. Confía en mí como en un hermano.

El hombre demoró algunos instantes en empezar su confesión: parecía temer el confesar el gran secreto que decía tener en su corazón.

—Habla.

El hombre palideció y miró fijamente al padre Espinoza. En la oscuridad, sus ojos negros brillaban como los de un preso o como los de un loco. Por fin, bajando la cabeza, dijo, entre dientes:

—Yo he practicado y conozco los secretos de la magia negra.

Al oír estas extraordinarias palabras, el padre Espinoza hizo un movimiento de sorpresa, mirando con curiosidad y temor al hombre; pero el hombre había levantado la cabeza y espiaba la cara del religioso, buscando en ella la impresión que sus palabras producirían. La sorpresa del misionero duró un brevísimo tiempo. Tranquilizóse en seguida. No era la primera vez que escuchaba palabras iguales o parecidas. En ese tiempo los llanos de Osorno y las islas chilotas estaban plagadas de brujos, «machis*» y hechiceros. Contestó:

—Hijo mío: no es raro que los sacerdotes que le han oído a usted lo que acaba de decir, lo hayan tomado por loco y rehusado oír más. Nuestra religión condena terminantemente tales prácticas y tales creencias. Yo, como sacerdote, debo decirle que eso es grave pecado; pero, como hombre, le digo que eso es una estupidez y una mentira. No

---

* *Machis*: cuaranderos y curanderas de oficio (voz indígena).

existe tal magia negra, ni hay hombre alguno que pueda hacer algo que esté fuera de las leyes de la naturaleza y de la voluntad divina. Muchos hombres que han confesado lo mismo, pero, emplazados para que pusieran en evidencia su ciencia oculta, resultaron impostores groseros e ignorantes. Solamente un desequilibrado o un tonto puede creer en semejante patraña.

El discurso era fuerte y hubiera bastado para que cualquier hombre de buena fe desistiera de sus propósitos; pero, con gran sorpresa del padre Espinoza, su discurso animó al hombre, que se puso de pie y exclamó con voz contenida

—¡Yo sólo pido a usted me permita demostrarle lo que le confieso! Demostrándoselo, usted se convencerá y yo estaré salvado. Si yo le propusiera hacer una prueba, ¿aceptaría usted, padre? —preguntó el hombre.

—Sé que perdería mi tiempo lamentablemente, pero aceptaría.

—Muy bien —dijo el hombre—. ¿Qué quiere usted que haga?

—Hijo mío, yo ignoro tus habilidades mágicas. Propón tú.

El hombre guardó silencio un momento, reflexionando. Luego dijo:

—Pídame usted que le traiga algo que esté lejos, tan lejos que sea imposible ir allá y volver en el plazo de un día o dos. Yo se lo traeré en una hora, sin moverme de aquí.

Una gran sonrisa de incredulidad dilató la fresca boca del fraile Espinoza:

—Déjame pensarlo —respondió— y Dios me perdone el pecado y la tontería que cometo.

El religioso tardó mucho rato en encontrar lo que se le proponía. No era tarea fácil hallarlo. Primeramente ubicó en Santiago la residencia de lo que iba a pedir y luego se dio a elegir. Muchas cosas acudieron a su recuerdo y a su imaginación, pero ninguna le servía para el caso. Unas eran demasiado comunes, y otras pueriles y otras muy escondidas, y era necesario elegir una que, siendo casi única, fuera asequible. Recordó y recorrió su lejano convento; anduvo por sus patios, por sus celdas, por sus corredores y por su jardín; pero no encontró nada especial. Pasó después a recordar lugares que conocía en Santiago. ¿Qué pediría? Y cuando, ya cansado, iba a decidirse por cualquiera de los objetos entrevistos por sus recuerdos, brotó en su memoria, como una flor que era, fresca, pura, con un hermoso color rojo, una rosa del jardín de las monjas Claras.

Una vez, hacía poco tiempo, en un rincón de ese jardín vio un rosal que florecía en rosas de un color único. En ninguna parte había vuelto a ver rosas iguales o parecidas, y no era fácil que las hubiera en Osorno. Además, el hombre aseguraba que traería lo que él pidiera, sin moverse de allí. Tanto daba pedirle una cosa como otra. De todos modos no traería nada.

—Mira —dijo al fin—, en el jardín del convento de las monjas Claras de Santiago, plantado junto a la muralla que da hacia la Alameda, hay un rosal que da rosas de un color granate muy lindo. Es el único rosal de esa especie que hay allí... Una de esas rosas es lo que quiero que me traigas.

El supuesto hechicero no hizo objeción alguna, ni por el sitio en que se hallaba la rosa ni por la distancia a que se encontraba. Preguntó únicamente:

—Encaramándose por la muralla, ¿es fácil tomarla?

—Muy fácil. Estiras el brazo y ya la tienes.

—Muy bien. Ahora, dígame: ¿hay en este convento una pieza que tenga una sola puerta?

—Hay muchas.

—Lléveme usted a alguna de ellas.

El padre Espinoza se levantó de su asiento. Sonreía. La aventura era ahora un juego extraño y divertido y, en cierto modo, le recordaba los de su infancia. Salió acompañado del hombre y lo guió hacia el segundo patio, en el cual estaban las celdas de los religiosos. Lo llevó a la que él ocupaba. Era una habitación de medianas proporciones, de sólidas paredes; tenía una ventana y una puerta. La ventana estaba asegurada con una gruesa reja de fierro forjado y la puerta tenía una cerradura muy firme. Allí había un lecho, una mesa grande, dos imágenes y un crucifijo, ropas y objetos.

—Entra.

Entró el hombre. Se movía con fuerza y desenvoltura; parecía muy seguro de sí mismo.

—¿Te sirve esta pieza*?

—Me sirve.

---

* *Pieza*: cuarto o habitación de una casa.

—Tú dirás lo que hay que hacer.

—En primer lugar, ¿qué hora es?

—Las tres y media.

El hombre meditó un instante, y dijo luego:

—Me ha pedido usted que traiga una rosa del jardín de las monjas Claras de Santiago y yo se la voy a traer en el plazo de una hora. Para ello es necesario que yo me quede solo aquí y que usted se vaya, cerrando la puerta con llave y llevándose la llave. No vuelva hasta dentro de una hora justa. A las cuatro y media, cuando usted abra la puerta, yo le entregaré lo que me ha pedido.

El fraile Espinoza asintió en silencio, moviendo la cabeza. Empezaba a preocuparse. El juego iba tornándose interesante y misterioso, y la seguridad con que hablaba y obraba aquel hombre le comunicaba a él cierta intimidación respetuosa..

Antes de salir, dio una mirada detenida por toda la pieza. Cerrando con llave la puerta, era difícil salir de allí. Y aunque aquel hombre lograra salir, ¿qué conseguiría con ello? No se puede hacer, artificialmente, una rosa cuyo color y forma no se han visto nunca. Y, por otra parte, él rondaría toda esa hora por los alrededores de su celda. Cualquier superchería era imposible.

El hombre, de pie ante la puerta, sonriendo, esperaba que el religioso se retirara.

Salió el padre Espinoza, echó llave a la puerta, se aseguró que quedaba bien cerrada y guardándose la llave en sus bolsillos echó a andar tranquilamente.

Dio una vuelta alrededor del patio, y otra, y otra. Empezaron a transcurrir lentamente los minutos, muy lentamente; nunca habían transcurrido tan lentos los sesenta minutos de una hora. Al principio, el padre Espinoza estaba tranquilo. No sucedería nada. Pasado el tiempo que el hombre fijara como plazo, él abriría la puerta y lo encontraría tal como lo dejara. No tendría en sus manos ni la rosa pedida ni nada que se le pareciera. Pretendería disculparse con algún pretexto fútil, y él, entonces, le largaría un breve discurso, y el asunto terminaría ahí. Estaba seguro. Pero, mientras paseaba, se le ocurrió preguntarse:

—¿Qué estará haciendo?

La pregunta lo sobresaltó. Algo estaría haciendo el hombre, algo intentaría. Pero, ¿qué? La inquietud aumentó. ¿Y si el hombre lo hubiera engañado y fueran otras sus intenciones? Interrumpió su paseo y durante un momento procuró sacar algo en limpio, recordando al hombre y sus palabras. ¿Si se tratara de un loco? Los ojos ardientes y brillantes de aquel hombre, su desenfado un si es no es inconsciente, sus propósitos...

Atravesó lentamente el patio y paseó a lo largo del corredor en que estaba su celda. Pasó varias veces delante de aquella puerta cerrada. ¿Qué estaría haciendo el hombre? En una de sus pasadas se detuvo ante la puerta. No se oía nada, ni voces, ni pasos, ningún ruido. Se acercó a la puerta y pegó su oído a la cerradura. El mismo silencio. Prosiguió sus paseos, pero a poco su inquietud y su sobresalto aumentaban. Sus paseos se fueron acortando y, al final, apenas llegaban a cinco o seis pasos de distancia de la puerta. Por fin, se inmovilizó ante ella. Se sentía incapaz de alejarse de allí. Era necesario que esa tensión nerviosa terminara pronto. Si el hombre no hablaba, ni se quejaba, ni andaba, era señal de que no hacía nada y no haciendo nada, nada conseguiría. Se decidió a abrir antes de la hora estipulada. Sorprendería al hombre y su triunfo sería completo. Miró su reloj: faltaban aún veinticinco minutos para las cuatro y media. Antes de abrir pegó nuevamente su oído a la cerradura: ni un rumor. Buscó la llave en sus bolsillos y colocándola en la cerradura la hizo girar sin ruido. La puerta se abrió silenciosamente.

Miró el fraile Espinoza hacia adentro y vio que el hombre no estaba sentado ni estaba de pie: estaba extendido sobre la mesa, con los pies hacia la puerta, inmóvil.

Esa actitud inesperada lo sorprendió. ¿Qué haría el hombre en aquella posición? Avanzó un paso, mirando con curiosidad y temor el cuerpo extendido sobre la mesa. Ni un movimiento. Seguramente su presencia no habría sido advertida; tal vez el hombre dormía; quizá estaba muerto... Avanzó otro paso y entonces vio algo que le dejó tan inmóvil como aquel cuerpo. El hombre no tenía cabéza.

Pálido, sintiéndose invadido por la angustia, lleno de un sudor helado todo el cuerpo, el padre Espinoza miraba, miraba sin comprender. Hizo un esfuerzo y avanzó hasta colocarse frente a la parte superior del cuerpo del individuo. Miró hacia el suelo, buscando en él la desaparecida cabeza, pero en el suelo no había nada, ni siquiera una mancha de sangre. Se acercó al cercenado cuello. Estaba cortado sin esfuerzo, sin desgarraduras, finamente. Se veían las arterias y los músculos, palpitantes, rojos; los huesos blancos, limpios; la sangre bullía allí, caliente y roja, sin derramarse, retenida por una fuerza desconocida.

El padre Espinoza se irguió. Dio una rápida ojeada a su alrededor, buscando un rastro, un indicio, algo que le dejara adivinar lo que había sucedido. Pero la habitación estaba como él la había dejado al salir; todo en el mismo orden, nada revuelto y nada manchado de sangre.

Miró su reloj. Faltaban solamente diez minutos para las cuatro y media. Era necesario salir. Pero, antes de hacerlo, juzgó que era indispensable dejar allí un testimonio de su estada. Pero, ¿qué? Tuvo una idea; buscó entre sus ropas y sacó de entre ellas un alfiler grande, de cabeza negra, y al pasar junto al cuerpo para dirigirse hacia la puerta lo hundió íntegro en la planta de uno de los pies del hombre.

Luego cerró la puerta con llave y se alejó.

Durante los diez minutos siguientes el religioso se paseó nerviosamente a lo largo del corredor, intranquilo, sobresaltado; no quería dar cuenta a nadie de lo sucedido; esperaría los diez minutos y, transcurridos éstos, entraría de nuevo en la celda y si el hombre permanecía en el mismo estado comunicaría a los demás religiosos lo sucedido.

¿Estaría él soñando o se encontraría bajo el influjo de una alucinación o de una poderosa sugestión? No, no lo estaba. Lo que había acontecido hasta ese momento era sencillo: un hombre se había suicidado de una manera misteriosa... Sí, ¿pero dónde estaba la cabeza del individuo? Esta pregunta lo desconcertó. ¿Y por qué no había manchas de sangre? Prefirió no pensar más en ello; después se aclararía todo.

Las cuatro y media. Esperó aún cinco minutos más. Quería darle tiempo al hombre. ¿Pero tiempo para qué, si estaba muerto? No lo sabía bien, pero en esos momentos casi deseaba que aquel hombre le demostrara su poder mágico. De otra manera, sería tan estúpido, tan triste todo lo que había pasado...

Cuando el fraile Espinoza abrió la puerta, el hombre no estaba ya extendido sobre la mesa, decapitado, como estaba quince minutos antes. Parado frente a él, tranquilo, con una fina sonrisa en los labios, le tendía, abierta, la morena mano derecha. En la palma de ella, como una pequeña y suave llama, había una fresca rosa: la rosa del jardín de las monjas Claras.

¿Es ésta la rosa que usted me pidió?

El padre Espinoza no contestó; miraba al hombre. Este estaba un poco pálido y demacrado. Alrededor de su cuello se veía una línea roja, como una cicatriz reciente.

—Sin duda el Señor quiere hoy jugar con su siervo —pensó.

41

Estiró la mano y cogió la rosa. Era una de las mismas que él viera florecer en el pequeño jardín del convento santiaguino. El mismo color, la misma forma, el mismo perfume.

Salieron de la celda, silenciosos, el hombre y el religioso. Este llevaba la rosa apretada en su mano y sentía en la piel la frescura de los pétalos rojos. Estaba recién cortada. Para el fraile habían terminado los pensamientos, las dudas y la angustia. Sólo una gran impresión lo dominaba y un sentimiento de confusión y de desaliento inundaba su corazón.

De pronto advirtió que el hombre cojeaba.

—¿Por qué cojeas? —le preguntó.

—La rosa estaba apartada de la muralla. Para tomarla, tuve que afirmar un pie en el rosal y, al hacerlo, una espina me hirió el talón.

El fraile Espinoza lanzó una exclamación de triunfo:

—¡Ah! ¡Todo es una ilusión! Tú no has ido al jardín de las monjas Claras ni te has pinchado el pie con una espina. Ese dolor que sientes es el producido por un alfiler que yo te clavé en el pie. Levántalo.

El hombre levantó el pie y el sacerdote, tomando de la cabeza el alfiler, se lo sacó.

—¿No ves? No hay ni espina ni rosal. ¡Todo ha sido una ilusión!

Pero el hombre contestó:

—Y la rosa que lleva usted en la mano, ¿también es ilusión?

Tres días después, terminada la semana misionera, los frailes capuchinos abandonaron Osorno. Seguían su ruta a través de las selvas. Se separaron, abrazándose y besándose. Cada uno tomó por su camino.

El padre Espinoza volvería hacia Valdivia. Pero ya no iba solo. A su lado, montado en un caballo oscuro, silencioso y pálido, iba un hombre alto, nervioso, de ojos negros y brillantes.

Era el hombre de la rosa.

Manuel Rojas, Chile, 1896-1973. Narrador, poeta y ensayista. Entre sus obras, «Hijo de ladrón» (novela), «El vaso de leche» (cuentos), «El hombre de la rosa», «Lanchas de la bahía»...

LA EXCAVACION

Augusto Roa Bastos

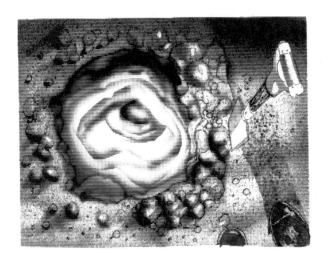

*E*l primer desprendimiento de tierra se produjo a unos tres metros, a sus espaldas. No le pareció al principio nada alarmante. Sería solamente una veta blanda del terreno de arriba. Las tinieblas apenas se pusieron un poco más densas en el angosto agujero por el que únicamente arrastrándose sobre el vientre un hombre podía avanzar o retroceder. No podía detenerse ahora. Siguió avanzando con el plato de hojalata que le servía de perforador. La creciente humedad que iba impregnando la tosca dura lo alentaba. La barranca ya no estaría lejos; a lo sumo, unos cuatro o cinco metros, lo que representaba unos veinticinco días más de trabajo hasta el boquete liberador sobre el río.

Alternándose en turnos seguidos de cuatro horas, seis presos hacían avanzar la excavación veinte centímetros diariamente. Hubieran podido avanzar más rápido, pero la capacidad de trabajo estaba limitada por la posibilidad de desalojar la tierra en el tacho de desperdicios sin que fuera notada. Se habían abstenido de orinar en la lata que entraba y salía dos veces al día. Lo hacían en los rincones de la celda húmeda y agrietada, con lo que si bien aumentaban el hedor siniestro de la reclusión, ganaban también unos cuantos centímetros más de «bodega» para el contrabando de tierra excavada.

La guerra civil* había concluido seis meses atrás. La perforación del túnel duraba cuatro. Entretanto, habían fallecido por diferentes causas, no del todo apacibles, diecisiete de los ochenta y nueve presos políticos que se hallaban amontonados en esa inhóspita celda, antro, retrete, ergástulo pestilente, donde en tiempos de calma no habían entrado nunca más de ocho o diez presos comunes.

De los diecisiete presos que habían tenido la estúpida ocurrencia de morirse, a nueve se habían llevado distintas enfermedades contraídas antes o después de la prisión; a cuatro, los apremios urgentes de la cámara de torturas; a dos, la ruda ventosa de la tisis galopante. Otros dos se habían suicidado abriéndose las venas, uno con la púa de la hebilla del cinto; el otro, con el plato cuyo borde

---

* *Guerra civil*: se refiere a los conflictos políticos y sociales de 1947, en Paraguay, que dieron lugar además, al exilio del propio autor.

afiló en la pared y que ahora servía de herramienta para la abertura del túnel.

Esta estadística era la que regía la vida de esos desgraciados. Sus esperanzas y desalientos. Su congoja callosa pero aún sensitiva. Su sed, el hambre, los dolores, el hedor, su odio encendido en la sangre, en los ojos, como esas mariposas de aceite que a pocos metros de allí —tal vez solamente a un centenar— brillaban en la Catedral delante de las imágenes.

La única respiración venía por el agujero aún ciego, aún nonato, que iba creciendo como un hijo en el vientre de esos hombres ansiosos. Por allí venía el olor puro de la libertad, un soplo fresco y brillante entre los excrementos. Y allí se tocaba, en una especie de inminencia trabajada por el vértigo, todo lo que estaba más allá de ese boquete negro.

Eso era lo que sentían los presos cuando escarbaban la tosca* con el plato de hojalata en la noche angosta del túnel.

* * *

Un nuevo desprendimiento le enterró esta vez las piernas hasta los riñones. Quiso moverse, encoger las extremidades atrapadas, pero no pudo. De golpe tuvo exacta conciencia de lo que sucedía, mientras el dolor crecía con sordas puntadas en la carne, en los huesos de las piernas enterra-

---

* *Tosca*: piedra caliza ligera.

das. No había sido una simple veta reblandecida. Probablemente era una cuña de piedra, en bloque espeso que llegaba hasta la superficie. Probablemente todo un cimiento se estaba sumiendo en la falla provocada por el desprendimiento.

No le quedaba más recurso que cavar hacia adelante. Cavar con todas sus fuerzas, sin respiro; cavar con el plato, con las uñas hasta donde pudiese. Quizás no eran cinco metros los que faltaban; quizás no eran veinticinco días de zapa los que aún lo separaban del boquete salvador en la barranca del río. Quizás eran menos; sólo unos cuantos centímetros, unos minutos más de arañazos profundos. Se convirtió en un topo frenético. Sintió cada vez más húmeda la tierra. A medida que le iba faltando el aire, se sentía más animado. Su esperanza crecía con su asfixia. Un poco de barro tibio entre los dedos le hizo prorrumpir en un grito casi feliz. Pero estaba tan absorto en su emoción, la desesperante tiniebla del túnel lo envolvía de tal modo, que no podía darse cuenta de que no era la proximidad del río, de que no eran sus filtraciones las que hacían ese lodo tibio, sino su propia sangre brotando debajo de las uñas y en las yemas heridas por la tosca. Ella, la tierra densa e impenetrable, era ahora la que, en el epílogo del duelo mortal comenzado hacía mucho tiempo, lo gastaba a él sin fatiga y lo empezaba a comer aún vivo y caliente. De pronto pareció alejarse un poco. Manoteó en el vacío. Era él quien se estaba quedando atrás en el aire como piedra que empezaba a estrangularlo. Procuró avanzar, pero sus piernas ya irremediablemente formaban parte del bloque que se había desmoronado sobre ellas. Ya ni las sentía. Sólo sentía la asfixia. Se estaba ahogando en un río sólido y oscuro. Dejó de moverse, de pugnar inútilmente. La tortura se iba transformando en una inexplicable delicia. Empezó a recordar.

⋆ ⋆ ⋆

Recordó aquella otra mina subterránea en la guerra del Chaco*, hacía mucho tiempo. Un tiempo que ahora se le antojaba fabuloso. Lo recordaba, sin embargo, claramente, con todos los detalles.

En el frente de Gondra, la guerra se había estancado. Hacía seis meses que paraguayos y bolivianos, empotrados frente a frente en sus inexpugnables posiciones, cambiaban obstinados tiroteos e insultos. No había más de cincuenta metros entre unos y otros.

En las pausas de ciertas noches que el melancólico olvido había hecho de pronto atrozmente memorables, en lugar de metralla canjeaban música y canciones de sus respectivas tierras.

El altiplano** entero, pétreo y desolado, bajaba arrastrado por la quejumbre de las cuecas***, toda

---

* *Guerra de Chaco*: conflicto que enfrentó a Paraguay y Bolivia desde 1932 a 1935 por el dominio de la rica llanura del Chaco y del Río Paraguay.
** *Altiplano*: región de gran altura de Los Andes, comprendida entre las Cordilleras Oriental y Occidental, principalmente en territorio Boliviano.
*** *Cuecas*: danzas por parejas, originaria del Perú («zamacueca») y extendida en el Cono Sur.

una raza hecha de cobre y castigo, desde su plataforma cósmica bajaba hasta el polvo voraz de las trincheras. Y hasta aquí bajaban desde los grandes ríos, desde los grandes bosques paraguayos, desde el corazón de su gente también absurda y cruelmente perseguida, las polcas y guaranías*, juntándose, hermanándose con aquel otro aliento melodioso que subía desde la muerte. Y así sucedía porque era preciso que gente americana siguiese muriendo, matándose, para que ciertas cosas se expresaran correctamente en términos de estadística y mercado, de trueques y expoliaciones correctas, con cifras y números exactos, en boletines de la rapiña internacional.

* * *

Fue en una de esas pausas en que, en unión de otros catorce voluntarios, Perucho Rodi, estudiante de ingeniería, buen hijo, hermano excelente, hermoso y suave moreno de ojos verdes, había empezado a cavar ese túnel que debía salir detrás de las posiciones bolivianas con un boquete que en el momento señalado entraría en erupción como el cráter de un volcán.

En dieciocho días los ochenta metros de la gruesa perforación subterránea quedaron cubiertos. Y el volcán entró en erupción con lava sólida

---

* *Guaranías*: danzas tradicionales de Paraguay, de origen guaraní (pueblo indígena de esta región).

de metralla, de granadas, de proyectiles de todos los calibres, hasta arrasar las posiciones enemigas.

Recordó en la noche azul, sin luna, el extraño silencio que había precedido a la masacre y también el que lo había seguido, cuando ya todo estaba terminado. Dos silencios idénticos, sepulcrales, latientes. Entre los dos, sólo la posición de los astros había producido la mutación de una breve secuencia. Todo estaba igual. Salvo los restos de esa espantosa carnicería que a lo sumo había añadido un nuevo detalle apenas perceptible a la decoración del paisaje nocturno.

Recordó, un segundo antes del ataque, la visión de los enemigos sumidos en el tranquilo sueño del que no despertarían. Recordó haber elegido a sus víctimas, abarcándolas con el girar aún silencioso de su ametralladora. Sobre todo, a una de ellas: un soldado que se retorcía en el remolino de una pesadilla. Tal vez soñaba en ese momento en un túnel idéntico pero inverso al que les estaba acercando al exterminio. En un pensamiento suficientemente extenso y flexible, esas distinciones en realidad carecían de importancia. Era despreciable la circunstancia de que uno fuese el exterminador y otro la víctima inminente. Pero en ese momento todavía no podía saberlo.

Sólo recordó que había vaciado íntegramente su ametralladora. Recordó que cuando la automática se le había finalmente recalentado y tascado*,

---

* *Ascado*: atascado, trabado, que hace sonido de «tascar».

la abandonó y siguió entonces arrojando granadas de mano hasta que sus dos manos se le durmieron a los costados. Lo más extraño de todo era que, mientras sucedían estas cosas, le habían atravesado recuerdos de otros hechos, reales y ficticios, que aparentemente no tenían entre sí ninguna conexión y acentuaban, en cambio, la sensación de sueño en que él mismo flotaba. Pensó, por ejemplo, en el escapulario carmesí de su madre (real); en el inmenso panambí* de bronce de la tumba del poeta Ortiz Guerrero (ficticio); en su hermanita María Isabel, recién recibida de maestra (real). Estos parpadeos incoherentes de su imaginación duraron todo el tiempo. Recordó haber regresado con ellos chapoteando en un vasto y espeso estero de sangre.

Aquel túnel de Chaco y este túnel que él mismo había sugerido cavar en el suelo de la cárcel, que él personalmente había empezado a cavar y que, por último, sólo a él le había servido de trampa mortal; este túnel y aquel eran el mismo túnel, un único agujero recto y negro con un boquete de entrada pero no de salida. Un agujero negro y recto que a pesar de su rectitud le había rodeado desde que nació como un círculo subterráneo, irrevocable y fatal. Un túnel que tenía ahora para él cuarenta años, pero que en realidad era mucho más viejo, realmente inmemorial.

Aquella noche azul del Chaco, poblada de estruendos y cadáveres había mentido una salida.

---

* *Panambí*: voz guaraní: mariposa.

Pero sólo había sido un sueño: la decoración fantástica de un sueño futuro en medio del humo de la batalla.

* * *

Con el último aliento, Perucho Rodi la volvía a soñar, es decir, a vivir. Sólo ahora aquel sueño lejano era real. Y ahora sí que avistaba el boquete enceguecedor, el perfecto redondel de la salida.

Soñó (recordó) que volvía a salir por aquel cráter en erupción hacia la noche azulada, metálica, fragorosa. Volvió a sentir la ametralladora ardiente y convulsa en sus manos. Soñó (recordó) que volvía a descargar ráfaga tras ráfaga y que volvía a arrojar granada tras granada. Soñó (recordó) la cara de cada una de sus víctimas. Las vio nítidamente. Eran ochenta y nueve en total. Al franquear el límite secreto, las reconoció en un brusco resplandor y se estremeció: esas ochenta y nueve caras vivas y terribles de sus víctimas eran (y seguirían siéndolo en un fogonazo fotográfico infinito) las de sus compañeros de prisión. Incluso los diecisiete muertos, a los cuales se había agregado uno más. Se soñó entre esos muertos. Soñó que soñaban en un túnel. Se vio retorcerse en una pesadilla, soñando que cavaba, que luchaba, que mataba. Recordó nítidamente al soldado enemigo a quien había abatido con su ametralladora mientras se retorcía en una pesadilla. Soñó que aquel soldado enemigo lo abatía ahora a él con su ametralladora, tan exactamente parecido a él mismo, que se hubiera dicho que era su hermano mellizo.

* * *

El sueño de Perucho Rodi quedó sepultado en esa grieta como un diamante negro que iba a alumbrar aún otra noche.

La frustrada evasión fue descubierta: el boquete de entrada en el piso de la celda. El hecho inspiró a los guardianes.

* * *

Los presos de la celda 4 (llamada Valle-í*), menos el evadido Perucho Rodi, a la noche siguiente encontraron inexplicablemente descorrido el cerrojo. Sondearon con sus ojos la noche siniestra del patio. Encontraron que inexplicablemente los pasillos y corredores estaban desiertos. Avanzaron. No enfrentaron en la sombra la sombra de ningún centinela. Inexplicablemente el caserón circular parecía desierto. La puerta trasera que daba a una callejuela clausurada estaba inexplicablemente entreabierta. La empujaron, salieron. Al salir, con el primer soplo fresco, los abatió en masa sobre las piedras el fuego cruzado de las ametralladoras que las oscuras troneras del panóptico escupieron sobre ellos durante algunos segundos.

Al día siguiente, la ciudad se enteró solamente

---

* *Valle-í*: voz guaraní: vallecito

de que unos cuantos presos habían sido liquidados en el momento en que pretendían evadirse por un túnel. El comunicado pudo mentir con la verdad. Existía un testimonio irrefutable: el túnel. Los periodistas fueron invitados a examinarlo. Quedaron satisfechos al ver el boquete de entrada en la celda. La evidencia anulaba algunos detalles insignificantes: la inexistente salida que nadie pidió ver, las manchas de sangre aún frescas en la callejuela abandonada.

Poco después el agujero fue cegado con piedras, y la celda 4 (Valle-í) volvió a quedar abarrotada.

© Augusto Roa Bastos. Seleccionado de «Antología del cuento hispanoamericano» (Editora Nacional de Cuba, 1963, Ministerio de Educación).

A. *Roa Bastos,* Paraguay, 1918. «El trueno entre las hojas» (cuentos), y «Yo el Supremo» (novela), figuran entre sus obras más difundidas.

EL AHOGADO MAS HERMOSO DEL MUNDO

Gabriel García Márquez

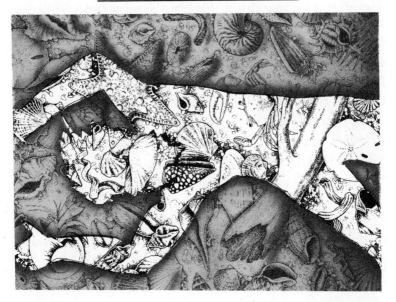

*L*os primeros niños que vieron el promontorio oscuro y sigiloso que se acercaba por el mar, se hicieron la ilusión de que era un barco enemigo. Después vieron que no llevaba banderas ni arboladura, y pensaron que fuera una ballena. Pero cuando quedó varado en la playa le quitaron los matorrales de sargazos, los filamentos de medusas y los restos de cardúmenes* y naufragios que

---

* *Cardúmenes*: bancos de peces; en sentido figurado: multitud de cosas.

llevaba encima, y sólo entonces descubrieron que era un ahogado.

Habían jugado con él toda la tarde, enterrándolo y desenterrándolo en la arena, cuando alguien los vio por casualidad y dio la voz de alarma en el pueblo. Los hombres que lo cargaron hasta la casa más próxima notaron que pesaba más que todos los muertos conocidos, casi tanto como un caballo, y se dijeron que tal vez había estado demasiado tiempo a la deriva y el agua se le había metido dentro de los huesos. Cuando lo tendieron en el suelo vieron que había sido mucho más grande que todos los hombres, pues apenas si cabía en la casa, pero pensaron que tal vez la facultad de seguir creciendo después de la muerte estaba en la naturaleza de ciertos ahogados. Tenía el olor del mar, y sólo la forma permitía suponer que era el cadáver de un ser humano, porque su piel estaba revestida de una coraza de rémora* y de lodo.

No tuvieron que limpiarle la cara para saber que era un muerto ajeno. El pueblo tenía apenas unas veinte casas de tablas, con patios de piedras sin flores, desperdigadas en el extremo de un cabo desértico. La tierra era tan escasa que las madres andaban siempre con el temor de que el viento se llevara a los niños, y a los pocos muertos que les iban causando los años tenían que tirarlos en los acantilados. Pero el mar era manso y pródigo, y to-

---

* *Rémora*: pez que se fija en objetos flotantes; en sentido figurado: lastre.

dos los hombres cabían en siete botes. Así que cuando encontraron el ahogado les bastó con mirarse los unos a los otros para darse cuenta de que estaban completos.

Aquella noche no salieron a trabajar en el mar. Mientras los hombres averiguaban si no faltaba alguien en los pueblos vecinos, las mujeres se quedaron cuidando al ahogado. Le quitaron el lodo con tapones de esparto, le desenredaron del cabello los abrojos submarinos y le rasparon la rémora con fierros de desescamar pescados. A medida que lo hacían, notaron que su vegetación era de océanos remotos y de aguas profundas, y que sus ropas estaban en piltrafas, como si hubieran navegado por entre laberintos de corales. Notaron también que sobrellevaba la muerte con altivez, pues no tenía el semblante solitario de los otros ahogados del mar, ni tampoco la catadura sórdida y menesterosa de los ahogados fluviales. Pero solamente cuando acabaron de limpiarlo tuvieron conciencia de la clase de hombre que era, y entonces se quedaron sin aliento. No sólo era el más alto, el más fuerte, el más viril y el mejor armado que habían visto jamás, sino que todavía cuando lo estaban viendo no les cabía en la imaginación.

No encontraron en el pueblo una cama bastante grande para tenderlo ni una mesa bastante sólida para velarlo. No le vinieron los pantalones de fiesta de los hombres más altos, ni las camisas dominicales de los más corpulentos, ni los zapatos del mejor plantado. Fascinadas por su desproporción y su hermosura, las mujeres decidieron entonces hacerle unos pantalones con un buen pedazo de vela cangreja, y una camisa de bramante de novia, para que pudiera continuar su muerte con dignidad. Mientras cosían sentadas en círculo, contemplando el cadáver entre puntada y puntada, les parecía que el viento no había sido nunca tan tenaz ni el Caribe había estado nunca tan ansioso como aquella noche y suponían que esos cambios tenían algo que ver con el muerto. Pensaban que si aquel hombre magnífico hubiera vivido en el pueblo, su casa habría tenido las puertas más anchas, el techo más alto y el piso más firme, y el bastidor de su cama habría sido de cuadernas maestras con pernos* de hierro, y su mujer habría sido la más feliz. Pensaban que habría tenido tanta autoridad que hubiera sacado los peces del mar con sólo llamarlos por sus nombres, y habría puesto tanto empeño en el trabajo que hubiera hecho brotar manantiales de entre las piedras más áridas y hubiera podido sembrar flores en los acantilados. Lo compararon en secreto con sus propios hombres, pensando que no serían capaces de hacer en toda una vida lo que aquél era capaz de hacer en una noche, y terminaron por repudiarlos en el fondo de sus corazones como los seres más escuálidos y mezquinos de la tierra. Andaban extraviadas por esos dédalos** de fantasía, cuando la más vieja de las mujeres, que por ser la más vieja había contemplado al ahogado con menos pasión que compasión, suspiró:

---

* *Pernos*: piezas de hierro cilíndricas, con cabeza, que se aseguran mediante una tuerca en el otro extremo.
** *Dédalos*: laberintos.

—Tiene cara de llamarse Esteban.

Era verdad. A la mayoría le bastó con mirarlo otra vez para comprender que no podía tener otro nombre. Las más porfiadas, que eran las más jóvenes, se mantuvieron con la ilusión de que al ponerle la ropa, tendido entre flores y con unos zapatos de charol, pudiera llamarse Lautaro. Pero fue una ilusión vana. El lienzo resultó escaso, los pantalones mal cortados y peor cosidos le quedaron estrechos, y las fuerzas ocultas de su corazón hacían saltar los botones de la camisa. Después de la media noche se adelgazaron los silbidos del viento y el mar cayó en el sopor del miércoles. El silencio acabó con las últimas dudas: era Esteban. Las mujeres que lo habían vestido, las que lo habían peinado, las que le habían cortado las uñas y raspado la barba no pudieron reprimir un estremecimiento de compasión cuando tuvieron que resignarse a dejarlo tirado por los suelos. Fue entonces cuando comprendieron cuánto debió haber sido de infeliz con aquel cuerpo descomunal, si hasta después de muerto le estorbaba. Lo vieron condenado en vida a pasar de medio lado por las puertas, a descalabrarse con los travesaños, a permanecer de pie en las visitas sin saber qué hacer con sus tiernas y rosadas manos de buey de mar, mientras la dueña de casa buscaba la silla más resistente y le suplicaba muerta de miedo siéntese aquí Esteban, hágame el favor, y él recostado contra las paredes, sonriendo, no se preocupe señora, así estoy bien, con los talones en carne viva y las espaldas escaldadas de tanto repetir lo mismo en todas las visitas, no se preocupe señora, así estoy bien, sólo para no pasar por la vergüenza de desbaratar la silla, y acaso sin haber sabido nunca que quienes le decían no te vayas Esteban, espérate siquiera hasta que hierva el café, eran los mismos que después susurraban ya se fue el bobo grande, qué bueno, ya se fue el tonto hermoso. Esto pensaban las mujeres frente al cadáver un poco antes de amanecer. Más tarde, cuando le taparon la cara con un pañuelo para que no le molestara la luz, lo vieron tan muerto para siempre, tan indefenso, tan parecido a sus hombres, que se les abrieron las primeras grietas de lágrimas en el corazón. Fue una de las más jóvenes la que empezó a sollozar. Las otras, alentándose entre sí, pasaron de los suspiros a los lamentos, y mientras más sollozaban más deseos sentían de llorar, porque el ahogado se les iba volviendo cada vez más Esteban, hasta que lo lloraron tanto que fue el hombre más desvalido de la tierra, el más manso y el más servicial, el pobre Esteban. Así que cuando los hombres volvieron con la noticia de que el ahogado no era tampoco de los pueblos vecinos, ellas sintieron un vacío de júbilo entre las lágrimas.

—¡Bendito sea Dios —suspiraron—: es nuestro!

Los hombres creyeron que aquellos aspavientos no eran más que frivolidades de mujer. Cansados de las tortuosas averiguaciones de la noche, lo único que querían era quitarse de una vez el estorbo del intruso antes de que prendiera el sol bravo de aquel día árido y sin viento. Improvisaron unas angarillas con restos de trinquetes* y botavaras**, y las amarraron con carlingas*** de altura, para que resistieran el peso del cuerpo hasta los acantilados. Quisieron encadenarle a los tobillos un ancla de buque mercante para que fondeara sin tropiezos en los mares mas profundos donde los peces son ciegos y los buzos se mueren de nostalgia, de manera que las malas corrientes no fueran a devolverlo a la orilla, como había sucedido con otros cuerpos. Pero mientras más se apresuraban, más cosas se les ocurrían a las mujeres para perder el tiempo. Andaban como gallinas asustadas picoteando amuletos de mar en los arcones, unas estorbando aquí porque querían ponerle al ahogado los escapularios del buen viento, otras estorbando allá para abrocharle una pulsera de orientación, y al cabo de tanto quítate de ahí mujer, ponte donde no estorbes, mira que casi me haces caer sobre el difunto, a los hombres se les subieron al hígado las suspicacias y empezaron a rezongar que con qué objeto tanta ferretería de altar mayor para un forastero, si por muchos estoperoles**** y calderetas***** que llevara encima se lo iban a masticar los tiburones, pero ellas seguían tripotando****** sus reliquias de pacotilla, llevando y trayendo, tropezando, mientras se les iba en suspi-

---

* *Trinquetes*: ganchos y cabos de embarcación.
** *Botavaras*: palos horizontales de las embarcaciones de vela, que van apoyadas en los mástiles.
*** *Carlingas*: cabinas o pedestales de altura de los palos de una embarcación.
**** *Estoperoles*: mechas de materiales viejos.
***** *Calderetas*: recipientes o cazos pequeños, adornos con esta forma.
****** *Tripotando*: revolviendo (derivado de «tripa»).

ros lo que no se les iba en lágrimas, así que los hombres terminaron por despotricar que de cuándo acá semejante alboroto por un muerto al garete, un ahogado de nadie, un fiambre de mierda. Una de las mujeres, mortificada por tanta indolencia, le quitó entonces al cadáver el pañuelo de la cara, y también los hombres se quedaron sin aliento.

Era Esteban. No hubo que repetirlo para que lo reconocieran. Si les hubieran dicho Sir Walter Raleigh*, quizás, hasta ellos se habrían impresionado con su acento de gringo, con su guacamaya en el hombro, con su arcabuz de matar caníbales, pero Esteban solamente podía ser uno en el mundo, y allí estaba tirado como un sábalo, sin botines, con unos pantalones de sietemesino y esas uñas rocallosas que sólo podían cortarse a cuchillo. Bastó con que le quitaran el pañuelo de la cara para darse cuenta de que estaba avergonzado, de que no tenía la culpa de ser tan grande, ni tan pesado ni tan hermoso, y si hubiera sabido que aquello iba a suceder habría buscado un lugar más discreto para ahogarse, en serio, me hubiera amarrado yo mismo un áncora de galeón en el cuello y hubiera trastabillado como quien no quiere la cosa en los acantilados, para no andar ahora estorbando con este muerto de miércoles, como ustedes dicen, para no molestar a nadie con esta porquería de fiambre que no tiene nada que ver conmigo. Había tanta verdad en su modo de estar, que hasta los hombres más suspicaces, los que sentían amargas

---

* *Sir Walter Raleigh*: navegante, hombre de estado e historiador británico (1552-1618); descubridor y colonizador de Virginia, en la actual América del Norte.

las minuciosas noches del mar temiendo que sus mujeres se cansaran de soñar con ellos para soñar con los ahogados, hasta ésos, y otros más duros, se estremecieron en los tuétanos con la sinceridad de Esteban.

Fue así como le hicieron los funerales más espléndidos que podían concebirse para un ahogado expósito. Algunas mujeres que habían ido a buscar flores en los pueblos vecinos regresaron con otras que no creían lo que les contaban, y éstas se fueron por más flores cuando vieron al muerto, y llevaron más y más, hasta que hubo tantas flores y tanta gente que apenas si se podía caminar. A última hora les dolió devolverlo huérfano a las aguas, y le eligieron un padre y una madre entre los mejores, y otros se le hicieron hermanos, tíos y primos, así que a través de él todos los habitantes del pueblo terminaron por ser parientes entre sí. Algunos marineros que oyeron el llanto a la distancia perdieron la certeza del rumbo, y se supo de uno que se hizo amarrar al palo mayor, recordando antiguas fábulas de sirenas. Mientras se disputaban el privilegio de llevarlo en hombros por la pendiente escarpada de los acantilados, hombres y mujeres tuvieron conciencia por primera vez de la desolación de sus calles, la aridez de sus patios, la estrechez de sus sueños, frente al esplendor y la hermosura de su ahogado. Lo soltaron sin ancla, para que volviera si quería, y cuando lo quisiera, y todos retuvieron el aliento durante la fracción de siglos que demoró la caída del cuerpo hasta el abismo. No tuvieron necesidad de mirarse los unos a los otros para darse cuenta de que ya no estaban completos, ni volverían a estarlo jamás. Pero también sabían que todo sería diferente desde entonces, que sus casas iban a tener las puertas más anchas, los techos más altos, los pisos más firmes, para que el recuerdo de Esteban pudiera andar por todas partes sin tropezar con los travesaños, y que nadie se atreviera a susurrar en el futuro ya murió el bobo grande, qué lástima, ya murió el tonto hermoso, porque ellos iban a pintar las fachadas de colores alegres para eternizar la memoria de Esteban, y se iban a romper el espinazo excavando manantiales en las piedras y sembrando flores en los acantilados, para que en los amaneceres de los años venturos los pasajeros de los grandes barcos despertaran sofocados por un olor de jardines en altamar, y el capitán tuviera que bajar de su alcázar con su uniforme de gala, con su astrolabio*, su estrella polar y su ristra de medallas de guerra, y señalando el promontorio de rosas en el horizonte del Caribe dijera en catorce idiomas, miren allá, donde el viento es ahora tan manso que se queda a dormir debajo de las camas, allá, donde el sol brilla tanto que no saben hacia dónde girar los girasoles, sí, allá, es el pueblo de Esteban.

---

* *Astrolabio*: instrumento antiguo de astronomía, que permitía medir por la altura de los astros, la hora y la latitud.

G. *García Márquez*, Colombia, 1928. Novelista, periodista y cuentista. Entre sus obras es obligado citar «Cien años de soledad», «El coronel no tiene quien le escriba», «Los funerales de Mamá Grande», «Crónica de una muerte anunciada»...

EL GUARDAGUJAS

Juan José Arreola

*E*l forastero llegó sin aliento a la estación desierta. Su gran valija, que nadie quiso cargar, le había fatigado en extremo. Se enjugó el rostro con un pañuelo, y con la mano en visera miró los rieles que se perdían en el horizonte. Desalentado y pensativo consultó su reloj: la hora justa en que el tren debía partir.

Alguien, salido de quién sabe dónde, le dio una palmada, muy suave. Al volverse, el forastero se halló ante un viejecillo de vago aspecto ferrocarrilero. Llevaba en la mano una linterna roja, pero tan pequeña, que parecía de juguete. Miró sonriendo al viajero, y éste le dijo ansioso su pregunta:

—Usted perdone, ¿ha salido ya el tren?

—¿Lleva usted poco tiempo en este país?

—Necesito salir inmediatamente. Debo hallarme en T. mañana mismo.

—Se ve que usted ignora por completo lo que ocurre. Lo que debe hacer ahora mismo es buscar alojamiento en la fonda para viajeros —y señaló un extraño edificio ceniciento que más bien parecía un presidio.

—Pero yo no quiero alojarme, sino salir en el tren.

—Alquile usted un cuarto inmediatamente, si es que lo hay. En caso de que pueda conseguirlo, contrátelo por mes, le resultará más barato y recibirá mejor atención.

—¿Está usted loco? Yo debo llegar a T. mañana mismo.

—Francamente, debería abandonarlo a su suerte. Sin embargo, le daré unos informes.

—Por favor...

—Este país es famoso por sus ferrocarriles, como usted sabe. Hasta ahora no ha sido posible organizarlos debidamente, pero se han hecho ya grandes cosas en lo que se refiere a la publicación de itinerarios y a la expedición de boletos*. Las guías ferroviarias comprenden y enlazan todas las poblaciones de la nación; se expenden boletos hasta para las aldeas más pequeñas y remotas. Falta solamente que los convoyes cumplan las indicaciones contenidas en las guías y que pasen efectivamente por las estaciones. Los habitantes

---

* *Boletos*: billetes.

del país así lo esperan; mientras tanto, aceptan las irregularidades del servicio y su patriotismo les impide cualquier manifestación de desagrado.

—Pero ¿hay un tren que pase por esta ciudad?

—Afirmarlo equivaldría a cometer una inexactitud. Como usted puede darse cuenta, los rieles existen, aunque un tanto averiados. En algunas poblaciones están sencillamente indicados en el suelo, mediante dos rayas de gis*. Dadas las condiciones actuales, ningún tren tiene la obligación de pasar por aquí, pero nada impide que eso pueda suceder. Yo he visto pasar muchos trenes en mi vida y conocí algunos viajeros que pudieron abordarlos. Si usted espera convenientemente, tal vez yo mismo tenga el honor de ayudarle a subir a un hermoso y confortable vagón.

—¿Me llevará ese tren a T.?

—¿Y por qué se empeña usted en que ha de ser precisamente a T.? Debería darse por satisfecho si pudiera abordarlo. Una vez en el tren, su vida tomará efectivamente algún rumbo. ¿Qué importa si ese rumbo no es el de T.?

—Es que yo tengo un boleto en regla para ir a T. Lógicamente, debo ser conducido a ese lugar, ¿no es así?

—Cualquiera diría que usted tiene razón. En la fonda para viajeros podrá usted hablar con personas que han tomado sus precauciones, adquiriendo grandes cantidades de boletos. Por regla general, las gentes previsoras compran pasajes para todos los puntos del país. Hay quien ha gastado en boletos una verdadera fortuna...

---

* *Gis*: tiza, pasta de yeso.

—Yo creí que para ir a T. me bastaba un boleto. Mírelo usted...

—El próximo tramo de los ferrocarriles nacionales va a ser construido con el dinero de una sola persona que acaba de gastar su inmenso capital en pasajes de ida y vuelta para un trayecto ferroviario cuyos planos, que incluyen extensos túneles y puentes, ni siquiera han sido aprobados por los ingenieros de la empresa.

—Pero el tren que pasa por T. ¿ya se encuentra en servicio?

—Y no sólo ese. En realidad, hay muchísimos trenes en la nación y los viajeros pueden utilizarlos con relativa frecuencia, pero tomando en cuenta que no se trata de un servicio formal y definitivo. En otras palabras, al subir a un tren, nadie espera ser conducido al sitio que desea.

—¿Cómo es eso?

—En su afán de servir a los ciudadanos, la empresa debe recurrir a ciertas medidas desesperadas. Hace circular trenes por lugares instransitables. Esos convoyes expedicionarios emplean a veces varios años en su trayecto, y la vida de los viajeros sufre algunas transformaciones importantes. Los fallecimientos no son raros en tales casos, pero la empresa, que todo lo ha previsto, añade a esos trenes un vagón capilla ardiente y un vagón cementerio. Es motivo de orgullo para los conductores depositar el cadáver de un viajero —lujosamente embalsamado— en los andenes de la estación que prescribe su boleto. En ocasiones, estos trenes forzados recorren trayectos en que falta uno de los rieles. Todo un lado de los vagones se estremece lamentablemente con los golpes que dan las ruedas sobre los durmientes. Los viajeros de primera —es otra de las previsiones de la empresa— se colocan del lado en que hay riel. Los de segunda padecen los golpes con resignación. Pero hay otros tramos en que faltan ambos rieles; allí los viajeros sufren por igual, hasta que el tren queda totalmente destruido.

—¡Santo Dios!

—Mire usted: la aldea de F. surgió a causa de uno de esos accidentes. El tren fue a dar en un terreno impracticable. Lijadas por la arena, las ruedas se gastaron hasta los ejes. Los viajeros pasaron tanto tiempo juntos, que de las obligadas conversaciones triviales surgieron amistades estrechas. Algunas de esas amistades se transformaron pronto en idilios, y el resultado ha sido F., una aldea progresista llena de niños traviesos que juegan con los vestigios enmohecidos del tren.

—¡Dios mío, yo no estoy hecho para tales aventuras!

—Necesita usted ir templando su ánimo; tal vez llegue usted a convertirse en héroe: No crea que faltan ocasiones para que los viajeros demuestren su valor y sus capacidades de sacrificio. Recientemente, doscientos pasajeros anónimos escribieron una de las páginas más gloriosas en nuestros anales ferroviarios. Sucede que en un viaje de prueba, el maquinista advirtió a tiempo una grave omisión de los constructores de la línea. En la ruta faltaba un puente que debía salvar un abismo. Pues bien, el maquinista, en vez de poner marcha atrás, arengó a los pasajeros y obtuvo de ellos el esfuerzo necesario para seguir adelante. Bajo su enérgica dirección, el tren fue desarmado pieza por pieza y conducido en hombros al otro lado del abismo, que todavía reservaba la sorpresa de contener en su fondo un río caudaloso. El resultado de la hazaña fue tan satisfactorio que la empresa renunció definitivamente a la construcción del puente, conformándose con hacer un atractivo descuento en las tarifas de los pasajeros que se atreven a afrontar esa molestia suplementaria.

—¡Pero yo debo llegar a T. mañana mismo!

—¡Muy bien! Me gusta que no abandone usted su proyecto. Se ve que es usted un hombre de convicciones. Alójese por lo pronto en la fonda y tome el primer tren que pase. Trate de hacerlo cuando menos; mil personas estarán para impedírselo. Al llegar un convoy, los viajeros, irritados por una espera demasiado larga, salen de la fonda en tumulto para invadir ruidosamente la estación. Muchas veces provocan accidentes con su increíble falta de cortesía y de prudencia. En vez de subir ordenadamente se dedican a aplastarse unos a otros; por lo menos, se impiden para siempre el abordaje, y el tren se va dejándolos amotinados en los andenes de la estación. Los viajeros agotados y furiosos, maldicen su falta de educación, y pasan mucho tiempo insultándose y dándose de golpes.

—¿Y la policía no interviene?

—Se ha intentado organizar un cuerpo de policía en cada estación, pero la imprevisible llegada de los trenes hacía tal servicio inútil y sumamente costoso. Además, los miembros de ese cuerpo demostraron muy pronto su venalidad, dedicándose a proteger la salida exclusiva de pasajeros adinerados que les daban a cambio de ese servicio todo lo que llevaban encima. Se resolvió entonces el establecimiento de un tipo especial de escuelas, donde los futuros viajeros reciben lecciones de urbanidad y un entrenamiento adecuado. Allí se les enseña la manera correcta de abordar un convoy, aunque esté en movimiento y a gran velocidad. También se les proporciona una especie de armadura para evitar que los demás pasajeros les rompan las costillas.

—Pero una vez en el tren, ¿está uno a cubierto de nuevas dificultades?

—Relativamente. Sólo le recomiendo que se fije muy bien en las estaciones. Podría darse el caso de que usted creyera haber llegado a T., y sólo fuese una ilusión. Para regular la vida a bordo de los vagones demasiado repletos, la empresa se ve obligada a echar mano de ciertos expedientes*. Hay estaciones que son pura apariencia: han sido construidas en plena selva y llevan el nombre de alguna ciudad importante. Pero basta poner un poco de atención para descubrir el engaño. Son como las decoraciones del teatro, y las personas que figuran en ellas están llenas de aserrín. Esos muñecos revelan fácilmente los estragos de la intemperie, pero son a veces una perfecta imagen de la realidad: llevan en el rostro las señales de un cansancio infinito.

—Por fortuna, T. no se halla muy lejos de aquí.

---

* *Expedientes*: recursos, medios.

—Pero carecemos por el momento de trenes directos. Sin embargo, no debe excluirse la posibilidad de que usted llegue mañana mismo, tal como desea. La organización de los ferrocarriles, aunque deficiente, no excluye la posibilidad de un viaje sin escalas. Vea usted, hay personas que ni siquiera se han dado cuenta de lo que pasa. Compran un boleto para ir a T. Llega un tren, suben, y al día siguiente oyen que el conductor anuncia: «Hemos llegado a T.» Sin tomar precaución alguna, los viajeros descienden y se hallan efectivamente en T.

—¿Podría yo hacer alguna cosa para facilitar ese resultado?

—Claro que puede usted. Lo que no se sabe es si le servirá de algo. Inténtelo de todas maneras. Suba usted al tren con la idea fija de que va a llegar a T. No trate a ninguno de los pasajeros. Podrían desilusionarlo con sus historias de viaje, y hasta denunciarlo a las autoridades.

—¿Qué está usted diciendo?

—En virtud del estado actual de las cosas los trenes viajan llenos de espías. Estos espías, voluntarios en su mayor parte, dedican su vida a fomentar el espíritu constructivo de la empresa. A veces uno no sabe lo que dice y habla sólo por hablar. Pero ellos se dan cuenta enseguida de todos los sentidos que puede tener una frase por sencilla que sea. Del comentario más inocente saben sacar una opinión culpable. Si usted llegara a cometer la menor imprudencia, sería aprehendido sin más; pasaría el resto de su vida en un vagón cárcel o le obligarían a descender en una falsa estación, perdida en la selva. Viaje usted lleno de fe, consuma la menor cantidad posible de alimentos y no ponga los pies en el andén antes de que vea en T. alguna cara conocida.

—Pero yo no conozco en T. a ninguna persona.

—En ese caso redoble usted sus precauciones. Tendrá, se lo aseguro, muchas tentaciones en el camino. Si mira usted por las ventanillas, está expuesto a caer en la trampa de un espejismo. Las ventanillas están provistas de ingeniosos dispositivos que crean toda clase de ilusiones en el ánimo de los pasajeros. No hace falta ser débil para caer en ellas. Ciertos aparatos, operados desde la locomotora, hacen creer, por el ruido y los movimientos, que el tren está en marcha. Sin embargo, el tren permanece detenido semanas enteras, mientras los viajeros ven pasar cautivadores paisajes a través de los cristales.

—¿Y eso qué objeto tiene?

—Todo esto lo hace la empresa con el sano propósito de disminuir la ansiedad de los viajeros y de anular en todo lo posible las sensaciones de traslado. Se aspira a que un día se entreguen plenamente al azar, en manos de una empresa omnipotente, y que ya no les importe saber a dónde van ni de dónde vienen.

—Y usted, ¿ha viajado mucho en los trenes?

—Yo, señor, sólo soy guardagujas. A decir verdad, soy un guardagujas jubilado, y sólo aparezco aquí de vez en cuando para recordar los buenos tiempos. No he viajado nunca, ni tengo ganas de hacerlo. Pero los viajeros me cuentan historias. Sé que los trenes han creado muchas poblaciones además de la aldea de F. cuyo origen le he referido. Ocurre a veces que los tripulantes de un tren reciben órdenes misteriosas. Invitan a los pasajeros a que desciendan de los vagones, generalmente con el pretexto de que admiren las bellezas de un determinado lugar. Se les habla de grutas, de cataratas o de ruinas célebres: «Quince minutos para que admiren ustedes la gruta tal o cual», dice amablemente el conductor. Una vez que los viajeros se hallan a cierta distancia, el tren escapa a todo vapor.

—¿Y los viajeros?

—Vagan desconcertados de un sitio a otro durante algún tiempo, pero acaban por congregarse y se establecen en colonia. Estas paradas intempestivas se hacen en lugares adecuados, muy lejos de toda civilización y con riquezas naturales suficientes. Allí se abandonan lotes selectos, de gente joven, y sobre todo con mujeres abundantes. ¿No le gustaría a usted pasar sus días·en un pintoresco lugar desconocido, en compañía de una muchachita?

El viejecillo hizo un guiño, y se quedó mirando al viajero con picardía, sonriente y lleno de bondad. En ese momento se oyó un silbido lejano. El guardagujas dio un brinco, lleno de inquietud, y se puso a hacer señales ridículas y desordenadas con su linterna.

—¿Es el tren? —preguntó el forastero.

El anciano echó a correr por la vía, desaforadamente. Cuando estuvo a cierta distancia, se volvió para gritar:

—¡Tiene usted suerte! Mañana llegará a su famosa estación. ¿Cómo dice usted que se llama?

—¡X! —contestó el viajero.

En ese momento el viejecillo se disolvió en la clara mañana. Pero el punto rojo de la linterna siguió corriendo y saltando entre los rieles, imprudentemente, al encuentro del tren..

Al fondo del paisaje, la locomotora se acercaba como un ruidoso advenimiento.

Juan José Arreola, México, 1918. Maestro del relato corto. Su libro más difundido es «Confabulario» (relatos y prosas breves).

Semejante a la noche

Alejo Carpentier

«Y caminaba, semejante a la noche» Iliada, Canto I.

*E*l mar empezaba a verdecer entre los promontorios todavía en sombras, cuando la caracola del vigía anunció las cincuenta naves negras que nos enviaba el Rey Agamemnón*. Al oír la señal, los que esperaban desde hacía tantos días sobre las boñigas de las eras, empezaron a bajar el trigo hacia la playa donde ya preparábamos los rodillos que servirían para subir las embarcaciones hasta las murallas de la fortaleza. Cuando las quillas tocaron la arena, hubo algunas riñas con los timoneles, pues tanto se había dicho a los micenianos que

---

* *Rey Agamenón*: rey de Micenas y Argos, jefe de la expedición griega que sitió Troya, alrededor del año 1.184 a. C.

carecíamos de toda inteligencia para las faenas marítimas, que trataron de alejarnos con sus pértigas. Además, la playa se había llenado de niños que se metían entre las piernas de los soldados, entorpecían las maniobras, y se trepaban a las bordas para robar nueces de bajo los banquillos de los remeros. Las olas claras del alba se rompían entre gritos, insultos y agarradas a puñetazos, sin que los notables pudieran pronunciar sus palabras de bienvenida, en medio de la baraúnda. Como yo había esperado algo más solemne, más efectivo, de nuestro encuentro con los que venían a buscarnos para la guerra, me retiré, algo decepcionado, hacia la higuera en cuya rama gruesa gustaba de montarme, apretando un poco las rodillas sobre la madera, porque tenía un no sé qué de flancos de mujer.

A medida que las naves eran sacadas del agua, al pie de las montañas que ya veían el sol, se iba atenuando en mí la mala impresión primera, debida sin duda al desvelo de la noche de espera, y también al haber bebido demasiado, el día anterior, con los jóvenes de tierras adentro, recién llegados a esta costa, que habrían de embarcar con nosotros, un poco después del próximo amanecer. Al observar la filas de cargadores de jarras, de odres negros, de cestas, que ya se movían hacia las naves, crecía en mí, con un calor de orgullo, la conciencia de la superioridad del guerrero. Aquel aceite, aquel vino resinado, aquel trigo sobre todo, con el cual se cocerían, bajo ceniza, las galletas de las noches en que dormiríamos al amparo de las proas

mojadas, en el misterio de alguna ensenada desconocida, camino de la Magna Cita de Naves —
aquellos granos que habían sido ahechados* con
ayuda de mi pala, eran cargados ahora para mí,
sin que yo tuviese que fatigar estos largos músculos que tengo, estos brazos hechos al manejo de
la pica de fresno, en tareas buenas para los que
sólo sabían de oler la tierra; hombres, porque la
miraban por sobre el sudor de sus bestias, aunque
vivieran encorvados encima de ella, en el hábito
de deshierbar y arrancar y rascar, como los que
sobre la tierra pacían. Ellos nunca pasarían bajo
aquellas nubes que siempre ensombrecían, en esta
hora, los verdes de las lejanas islas de donde traían
el silfión** de acre perfume. Ellos nunca conocerían la ciudad de anchas calles de los troyanos, que
ahora íbamos a cercar, atacar y asolar. Durante
días y días nos habían hablado, los mensajeros del
Rey de Micenas, de la insolencia de Príamo, de la
miseria, que amenazaba a nuestro pueblo por la
arrogancia de sus súbditos, que hacían mofa de
nuestras viriles costumbres; trémulos de ira, supimos de los retos lanzados por los de Ilios*** a nosotros, acaienos**** de largas cabelleras, cuya va-

---

* *Ahechados* cribados, limpiados con una criba
** *Silfión*: sílfido, insecto coleóptero polífago que produce y se-
grega sustancias fétidas, que lanza al ser atacado.
*** *Ilios*: Ilión, nombres de Troya, antigua ciudad de Asia Menor,
situada en la boca de los Dardanelos, cuya existencia histórica
fue probada a partir de las excavaciones de Schliemann, en 1870.
La expedición y guerra de Troya eran el motivo de los poemas
atribuidos a Homero, compuestos presumiblemente hacia el siglo
IX a. C.
**** *Acaienos*: griegos originarios de Tesalia, establecidos en
Acaya, en el Peloponeso.

lentía no es igualada por la de pueblo alguno. Y fueron clamores de furia, puños alzados, juramentos hechos con las palmas en alto, escudos arrojados a las paredes, cuando supimos del rapto de Elena de Esparta. A gritos nos contaban los emisarios de su maravillosa belleza, de su porte y de su adorable andar, detallando las crueldades a que era sometida en su abyecto cautiverio, mientras los odres derramaban el vino en los cascos. Aquella misma tarde, cuando la indignación bullía en el pueblo, se nos anunció el despacho de las cincuenta naves negras. El fuego se encendió entonces en las fundiciones de los bronceros, mientras las viejas traían leña del monte. Y ahora, transcurridos los días, yo contemplaba las embarcaciones alineadas a mis pies, con sus quillas potentes, sus mástiles al descanso entre las bordas como la virilidad entre los muslos del varón, y me sentía un poco dueño de esas maderas que un portentoso ensamblaje, cuyas artes ignoraban los de acá, transformaba en corceles de corrientes, capaces de llevarnos a donde desplegábase en acta de grandezas el má·imo acontecimiento de todos los tiempos. Y me tocaría a mí, hijo de talabartero, nieto de un castrador de toros, la suerte de ir al lugar en que nacían las gestas cuyo relumbre nos alcanzaba por los relatos de los marinos; me tocaría a mí, la honra de contemplar las murallas de Troya, de obedecer a los jefes insignes, y de dar mi ímpetu y mi fuerza a la obra del rescate de Elena de Esparta —másculo empeño, suprema victoria de una guerra que nos daría por siempre, prosperidad, dicha y orgullo. Aspiré hondamente la brisa que bajaba por la ladera de los olivares, y pensé que sería hermoso morir en tan justiciera lucha, por la causa misma de la Razón. La idea de ser traspasado por una lanza enemiga me hizo pensar, sin embargo, en el dolor de mi madre, y en el dolor, más hondo tal vez, de quien tuviera que recibir la noticia con los ojos secos —por ser el jefe de la casa. Bajé lentamente hacia el pueblo, siguiendo la senda de los pastores. Tres cabritos retozaban en el olor del tomillo. En la playa, seguía embarcándose el trigo.

II

Con bordoneos de vihuela y repique de tejoletas, festejábase, en todas partes, la próxima partida de las naves. Los marinos de «La Gallarda» andaban ya en zarambeques de negras horras, alternando el baile con coplas de sobado —como aquella de la Moza del Retoño, en que las manos tentaban el objeto de la rima dejado en puntos por las voces. Seguía el trasiego del vino, el aceite y el trigo, con ayuda de los criados indios del Veedor, impacientes por regresar a sus lejanas tierras. Camino del puerto, el que iba a ser nuestro capellán arreaba dos bestias que cargaban con los fuelles y flautas de un órgano de palo. Cuando me tropezaba con gente de la armada, eran abrazos ruidosos, de muchos aspavientos, con risas y alardes para sacar las mujeres a sus ventanas. Eramos como hombres de distinta raza, forjados para culminar empresas que nunca conocerían el panadero ni el cardador de ovejas, y tampoco el mercader que andaba pregonando camisas de Holanda, ornadas de caireles de monjas, en patios de comadres. En medio de la plaza, con los cobres al sol, las seis trompetas del Adelantado se habían concertado en folías, en tanto que los atambores* borgoñones atronaban los parches, y bramaba como queriendo morder, un sacabuche** con fauces de tarasca.

Mi padre estaba en su tienda oliente a pellejos y cordobanes, hincando la lezna en una acción con el desgano de quien tiene puesta la mente en espera. Al verme, me tomó en brazos con serena tristeza, recordando tal vez la horrible muerte de Cristobalillo, compañero de mis travesuras juveniles, que había sido traspasado por las flechas de los indios de la Boca del Drago. Pero él sabía que era locura de todos, en aquellos días, embarcar para las Indias —aunque ya dijeran muchos hombres cuerdos que aquello era engaño común de muchos y remedio particular de pocos. Algo alabó de los bienes de la artesanía, del honor —tan honor como el que se logra en riesgosas empresas— de llevar el estandarte de los talabarteros en la procesión del Corpus; ponderó la olla segura, el arca repleta, la vejez apacible. Pero, habiendo advertido tal vez que la fiesta crecía en la ciudad y que mi ánimo no estaba para cuerdas razones, me llevó suavemente hacia la puerta de la habitación de mi ma-

---

* *Atambores*: castellano antiguo: tamborileros, tocadores del tambor o atambor.
** *Sacabuche*: especie de trompeta construida con varios tubos metidos uno dentro de otro, que se alarga y se acorta.

dre. Aquel era el momento que más temía y tuve que contener mis lágrimas ante el llanto de la que sólo habíamos advertido de mi partida cuando todos me sabían ya asentado en los libros de la Casa de la Contratación. Agradecí las promesas hechas a la Virgen de los Mareantes por mi pronto regreso, prometiendo cuanto quiso que prometiera, en cuanto a no tener comercio deshonesto con las mujeres de aquellas tierras, que el Diablo tenía en desnudez mentidamente edénica para mayor confusión y extravío de cristianos incautos, cuando no maleados por la vista de tanta carne al desgaire. Luego, sabiendo que era inútil rogar a quien sueña ya con lo que hay detrás de los horizontes, mi madre empezó a preguntarme, con voz dolorida, por la seguridad de las naves y la pericia de los pilotos. Yo exageré la solidez y marinería de «La Gallarda», afirmando que su práctico era veterano de Indias, compañero de Nuño García. Y, para distraerla de sus dudas, le hablé de los portentos de aquel mundo nuevo, donde la Uña de la Gran Bestia y la Piedra Bezar* curaban todos los males, y existía, en tierra de Omeguas, una ciudad toda hecha de oro. que un buen caminador tardaba una noche y dos días en atravesar, a la que llegaríamos, sin duda, a menos de que halláramos nuestra fortuna en comarcas aún ignoradas, cunas de ricos pueblos por sojuzgar. Moviendo suavemente la cabeza, mi madre habló entonces de las mentiras y jactancias de los indianos, de amazonas y

---

* *«Uña de la Gran Bestia», «Piedra Bezar», «ciudad toda hecha de oro»*: objetos mágicos y territorio mítico frecuentes en las fantasías en boga en la época de la colonización de América.

antropófagos, de las tormentas de las Bermudas, y de las lanzas enherboladas que dejaban como estatua el que hincaban. Viendo que a discursos de buen augurio ella oponía verdades de mala sombra, le hablé de altos propósitos, haciéndole ver la miseria de tantos pobres idólatras, desconocedores del signo de la cruz. Eran millones de almas, las que ganaríamos a nuestra santa religión, cumpliendo con el mandato de Cristo a los Apóstoles. Eramos soldados de Dios, a la vez que soldados del Rey, y por aquellos indios bautizados y encomendados*, librados de sus bárbaras supersticiones por nuestra obra, conocería nuestra nación el premio de una grandeza inquebrantable, que nos daría felicidad, riquezas, y poderío sobre todos los reinos de la Europa. Aplacada por mis palabras, mi madre me colgó un escapulario del cuello y me dio varios ungüentos contra las mordeduras de alimañas ponzoñosas haciéndome prometer, además, que siempre me pondría, para dormir, unos escarpines de lana que ella misma hubiera tejido. Y como entonces repicaron las campanas de la catedral, fue a buscar el chal bordado que sólo usaba en las grandes oportunidades. Camino del templo, observé que, a pesar de todo, mis padres estaban como acrecidos de orgullo por tener un hijo alistado en la armada del Adelantado. Saludaban mucho y con más demostraciones que de costumbre. Y es que siempre es grato tener un mozo de pelo en pecho, que sale a combatir por una causa

---

* «*Indios... encomendados*»: institución colonial: a los conquistadores les eran entregados indios en propiedad, para que trabajasen para ellos o les pagaran tributos.

83

grande y justa. Miré hacia el puerto. El trigo seguía entrando en las naves.

III

Yo la llamaba mi prometida, aunque nadie supiera aún de nuestros amores. Cuando vi a su padre cerca de las naves, pensé que estaría sola, y seguí aquel muelle triste, batido por el viento, salpicado de agua verde, abarandado de cadenas y argollas verdecidas por el salitre, que conducía a la última casa de ventanas verdes, siempre cerradas. Apenas hice sonar la aldaba vestida de verdín, se abrió la puerta, y, con una ráfaga de viento que traía garúa de olas entré en la estancia donde ya ardían las lámparas, a causa de la bruma. Mi prometida se sentó a mi lado, en un hondo butacón de brocado antiguo, y recostó la cabeza sobre mi hombro con tan resignada tristeza que no me atreví a interrogar sus ojos que yo amaba, porque siempre parecían contemplar cosas invisibles con aire asombrado. Ahora, los extraños objetos que llenaban la sala cobraban un significado nuevo para mí. Algo parecía ligarme al astrolabio, la brújula y la Rosa de los Vientos; algo, también, al pez-sierra que colgaba de las vigas del techo, y a las cartas de Mercator y Ortellius que se abrían a los lados de la chimenea, revueltos con mapas celestiales habitados por Osas, Canes y Sagitarios. La voz de mi prometida se alzó sobre el silbido del viento que se colocaba por debajo de las puertas, preguntando por el estado de los preparativos. Aliviado por la posibilidad de hablar de algo ajeno a nosotros mismos, le conté de los sulpicianos y recoletos* que embarcarían con nosotros, alabando la piedad de los gentileshombres y cultivadores escogidos por quien hubiera tomado posesión de las tierras lejanas en nombre del Rey de Francia**. Le dije cuanto sabía del gigantesco río Colbert, todo orlado de árboles centenarios de los que colgaban como musgos plateados, cuyas aguas rojas corrían majestuosamente bajo un cielo blanco de garzas. Llevábamos víveres para seis meses. El trigo llenaba los sollados de «La Bella» y «La Amable». Íbamos a cumplir una gran tarea civilizadora en aquellos inmensos territorios selváticos, que se extendían desde el ardiente Golfo de México hasta las regiones de Chicaguá, enseñando nuevas artes a las naciones que en ellos residían. Cuando yo creía a mi prometida más atenta a lo que le narraba, la vi erguirse ante mí con sorprendente energía, afirmando que nada glorioso había en la empresa que estaba haciendo repicar, desde el alba, todas las campanas de la ciudad. La noche anterior, con los ojos ardidos por el llanto, había querido saber algo de ese mundo de allende el mar, hacia el cual marcharía yo ahora, y, tomando los ensayos de Montaigne***, en el capítulo que trata de los carruajes, había leído cuanto a América se refería. Así se había enterado de la perfidia de los españo-

* *Sulpicianos y recoletos*: órdenes religiosas seguidoras de san Sulpicio y san Agustín (ambos personajes del s. IV).
** *Rey de Francia*: en medio de la ambigüedad deliberada del relato y de acuerdo a sus referencias históricas, podría aludir a Luis XIV o Luis XV.
*** *Mointaigne*: ensayista francés (1533-1592).

les, de cómo, con el caballo y las lombardas, se habían hecho pasar por dioses. Encendida de virginal indignación, mi prometida me señalaba el párrafo en que el bordelés escéptico afirmaba que «nos habíamos valido de la ignorancia e inexperiencia de los indios, para atraerlos a la traición, lujuria, avaricia, y crueldades, propias de nuestras costumbres». Cegada por tan pérfida lectura, la joven que piadosamente lucía una cruz de oro en el escote, aprobaba a quien impíamente afirmara que los salvajes del Nuevo Mundo no tenían por qué trocar su religión por la nuestra, puesto que se habían servido muy útilmente de la suya durante largo tiempo. Yo comprendía que, en esos errores, no debía ver más que el despecho de la doncella enamorada, dotada de muy ciertos encantos, ante el hombre que le impone una larga espera, sin otro motivo que la azarosa pretensión de hacer rápida fortuna en una empresa muy pregonada. Pero, aun comprendiendo esa verdad, me sentía profundamente herido por el desdén a mi valentía, la falta de consideración por una aventura que daría relumbre a mi apellido, lográndose, tal vez, que la noticia de alguna hazaña mía, la pacificación de alguna comarca, me valiera algún título otorgado por el Rey —aunque para ello hubieran de perecer, por mi mano, algunos indios más o menos. Nada grande se hacía sin lucha, y en cuanto a nuestra santa fe, la letra con sangre entraba. Pero ahora eran celos los que se traslucían en el feo cuadro que ella me trazaba de la isla de Santo Domingo, en la que haríamos escala, y que mi prometida, con expresiones adorablemente impropias, calificaba de «paraíso de mujeres malditas». Era evidente que, a pesar de su pureza sabía de qué clase eran las mujeres que solían embarcar para el Cabo Francés, en muelle cercano, bajo la vigilancia de los corchetes*, entre risotadas y palabrotas de los marineros; alguien —una criada, tal vez— podía haberle dicho que la salud del hombre no se aviene con ciertas abstinencias y vislumbraba, en un misterioso mundo de desnudeces edénicas, de calores enervantes, peligros mayores que los ofrecidos por inundaciones, tormentas, y mordeduras de los dragones de agua que pululan en los ríos de América. Al fin empecé a irritarme ante una terca discusión que venía a sustituirse, en tales momentos, a la tierna despedida que yo hubiera apetecido. Comencé a renegar de la pusilanimidad de las mujeres, de su incapacidad de heroísmo, de sus filosofías de pañales y costureros, cuando sonaron fuertes aldabonazos, anunciando el intempestivo regreso del padre. Salté por una ventana trasera sin que nadie, en el mercado, se percatara de mi escapada, pues los transeúntes, los pescaderos, los borrachos —ya numerosos en esta hora de la tarde— se habían aglomerado er torno a una mesa sobre la que a gritos hablaba alguien que en el instante tomé por un pregonero del Elíxir de Orvieto, pero que resultó ser un ermitaño que clamaba por la liberación de los Santos Lugares. Me encogí de hombros y seguí mi camino. Tiempo atrás había estado a punto de alistarme en la cruzada predicada por Fulco de Neuilly. En buena hora una fiebre ma-

---

* *Corchetes*: alguaciles, guardias.

ligna —curada, gracias a Dios y a los unguentos de mi santa madre— me tuvo en cama, tiritando el día de la partida: aquella empresa había terminado, como todos saben, en guerra de cristianos contra cristianos. Las cruzadas estaban desacreditadas. Además, yo tenía otras cosas en que pensar.

El viento se había aplacado. Todavía enojado por la tonta disputa con mi prometida, me fui hacia el puerto, para ver los navíos. Estaban todos arrimados a los muelles, lado a lado, con las escotillas abiertas, recibiendo millares de sacos de harina de trigo entre sus bordas pintadas de arlequín. Los regimientos de infantería subían lentamente por las pasarelas, en medio de los gritos de los estibadores, los silbatos de los contramaestres, las señales que rasgaban la bruma, promoviendo rotaciones de grúas. Sobre las cubiertas se amontonaban trastos informes, mecánicas amenazadoras, envueltos en telas impermeables. Un ala de alumimio giraba lentamente, a veces, por encima de una borda, antes de hundirse en la oscuridad de un sollado*. Los caballos de los generales, colgados de cinchas, viajaban por sobre los techos de los almacenes, como corceles wagnerianos**. Yo contemplaba los últimos preparativos desde lo alto de una pasarela de hierro, cuando, de pronto, tuve la angustiosa sensación de que faltaban pocas horas —apenas trece— para que yo tambien tuviese

---

* *Sollado*: una cubierta interior de un barco.
** *«Wagneriano»*: el narrador puede aludir a Richard Wagner músico alemán (1813-1883), autor de sinfonías y óperas.

que acercarme a aquellos buques, cargando con mis armas. Entonces pensé en la mujer; en los días de abstinencia que me esperaban; en la tristeza de morir sin haber dado mi placer, una vez más, al calor de otro cuerpo. Impaciente por llegar, enojado aún por no haber recibido un beso, siquiera, de mi prometida, me encaminé a grandes pasos hacia el hotel de las bailarinas. Christopher, muy borracho, se había encerrado ya con la suya. Mi amiga se me abrazó, riendo y llorando, afirmando que estaba orgullosa de mí, que lucía más guapo con el uniforme, y que una cartomántica le había asegurado que nada me ocurriría en el Gran Desembarco. Varias veces me llamó *héroe*, como si tuviese una conciencia del duro contraste que este halago establecía con las frases injustas de mi prometida. Salí a la azotea. Las luces se encendían ya en la ciudad, precisando en puntos luminosos la gigantesca geometría de los edificios. Abajo, en las calles, era un confuso hormigueo de cabezas y sombreros.

No era posible, desde este alto piso, distinguir a las mujeres de los hombres en la neblina del atardecer. Y era sin embargo, por la permanencia de ese pulular de seres desconocidos, que me encaminaría hacia las naves, poco después del alba. Yo surcaría el Océano tempestuoso de estos meses, arribaría a una orilla lejana bajo el acero y el fuego, para defender los Principios de los de mi raza. Por última vez, una espada había sido arrojada sobre los mapas de Occidente. Pero ahora acabaríamos para siempre con la nueva Orden Teutónica, y entraríamos, victoriosos, en el tan esperado futuro del hombre reconciliado con el hombre. Mi amiga puso una mano trémula en mi cabeza, adivinando, tal vez, la magnanimidad de mi pensamiento. Estaba desnuda bajo los vuelos de su peinador entreabierto.

IV

Cuando regresé a mi casa, con los pasos inseguros de quien ha pretendido burlar con el vino la fatiga del cuerpo ahíto de holgarse sobre otro cuerpo, faltaban pocas horas para el alba. Tenía hambre, y sueño, y estaba desasosegado, al propio tiempo, por las angustias de la partida próxima. Dispuse mis armas y correajes sobre un escabel y me dejé caer en el lecho. Noté entonces, con sobresalto, que alguien estaba acostado bajo la gruesa manta de lana, y ya iba a echar mano al cuchillo cuando me vi preso entre brazos encendidos de fiebre, que buscaban mi cuello como brazos de náufrago, mientras unas piernas indeciblemente suaves se trepaban a las mías. Mudo de asombro quedé al ver que la que de tal manera se había deslizado en el lecho era mi prometida. Entre sollozos me contó su fuga nocturna, la carrera temerosa de ladridos, el paso furtivo por la huerta de mi padre, hasta alcanzar la ventana, y las impaciencias y los miedos de la espera. Después de la tonta disputa de la tarde, había pensado en los peligros y sufrimientos que me aguardaban, sintiendo esa impotencia de enderezar el destino azaroso del guerrero que se traduce, en tantas mujeres, por la entrega de sí misma —como si ese sacrificio de la virginidad, tan guardada y custodiada, en el momento mismo de la partida, sin esperanza de placer, dando el desgarre propio para el goce ajeno, tuviese un propiciatorio poder de ablación ritual*. El contacto de un cuerpo puro, jamás palpado por manos de amante, tiene un frescor único y peculiar dentro de sus crispaciones, una torpeza que sin embargo acierta, un candor que intuye, se amolda y encuentra, por obscuro mandato, las actitudes que más estrechamente machimbran** los miembros. Bajo el abrazo de mi prometida, cuyo tímido vellón parecía endurecerse sobre uno de mis muslos, crecía mi enojo por haber extenuado mi carne en trabazones de harto tiempo conocidas, con la absurda pretensión de hallar la quietud de días futuros en los excesos presentes. Y ahora que se me ofrecía el más codiciable consentimiento, me hallaba casi insensible bajo el cuerpo estremecido que se impacientaba. No diré que mi juventud no fuera capaz de enardecerse una vez más aquella noche, ante la incitación de tan deleitosa novedad. Pero la idea de que era una virgen la que así se me entregaba, y que la carne intacta y cerrada exigiría un lento y sostenido empeño por mi parte, se me impuso con el temor al acto fallido. Eché a mi prometida a un lado, besándola dulcemente en los hombros, y empecé a hablarle, con sinceridad en falsete, de lo inhábil que

---

* *Ablación ritual*: mutilación, extirpación de un tejido o miembro del cuerpo con sentido ritual.
** *Machimbran*: de «machihembrar», término de carpintería, para el ensamblaje de dos piezas, gracias a una pieza saliente de una y una hendidura de la otra; aquí, en sentido figurado.

sería malograr júbilos nupciales en la premura de una partida; de su vergüenza al resultar empreñada; de la tristeza de los niños que crecen sin un padre que los enseñe a sacar la miel verde de los troncos huecos, y a buscar pulpos debajo de las piedras. Ella me escuchaba, con sus grandes ojos claros encendidos en la noche, y yo advertía que, irritada por un despecho sacado de los trasmundos del instinto, despreciaba al varón que, en semejante oportunidad, invocara la razón y la cordura, en vez de roturarla, y dejarla sobre el lecho, sangrante como un trofeo de caza, de pechos mordidos, sucia de zumos, pero hecha mujer en la derrota. En aquel momento bramaron las reses que iban a ser sacrificadas en la playa y sonaron las caracolas de los vigías. Mi prometida, con el desprecio pintado en el rostro, se levantó bruscamente, sin dejarse tocar, ocultando ahora, menos con gesto de pudor que con ademán de quien recupera algo que estuviera a punto de malbaratar, lo que de súbito estaba encendiendo mi codicia. Antes de que pudiera alcanzarla, saltó por la ventana. La vi alejarse a todo correr por entre los olivos, y comprendí en aquel instante que más fácil me sería entrar sin un rasguño en la ciudad de Troya, que recuperar a la Persona perdida.

Cuando bajé hacia las naves, acompañado de mis padres, mi orgullo de guerrero había sido desplazado en mi ánimo por una intolerable sensación de hastío, de vacío interior, de descontento de mí mismo. Y cuando los timoneles hubieron alejado las naves de la playa con sus fuertes pértigas, y se enderezaron los mástiles entre las filas de remeros, supe que habían terminado las horas de alardes, de excesos, de regalos, que preceden las partidas de soldados hacia los campos de batalla. Había pasado el tiempo de las guirnaldas, las coronas de laurel, el vino en cada casa, la envidia de los canijos, y el favor de las mujeres. Ahora, serían las dianas, el lodo, el pan llovido, la arrogancia de los jefes, la sangre derramada por error, la gangrena que huele a almíbares infectos. No estaba tan seguro ya de que mi valor acrecería la grandeza y la dicha de los acaienos de largas cabelleras. Un soldado viejo que iba a la guerra por oficio, sin más entusiasmo que el trasquilador de ovejas que camina hacia el establo, andaba contando ya, a quien quisiera escucharlo, que Elena de Esparta vivía muy gustosa en Troya, y que cuando se refocilaba en el lecho de Paris sus estertores de gozo encendían las mejillas de las vírgenes que moraban en el palacio de Príamo. Se decía que toda la historia del doloroso cautiverio de la hija de Leda, ofendida y humillada por los troyanos, era mera propaganda de guerra, alentada por Agamennón, con el asentimiento de Menelao. En realidad, detrás de la empresa que se escudaba con tan elevados propósitos, había muchos negocios que en nada beneficiarían a los combatientes de poco más o menos. Se trataba sobre todo —afirmaba el viejo soldado— de vender más alfarería, más telas, más vasos con escenas de carreras de carros, y de abrirse nuevos caminos hacia las gentes asiáticas, amantes de trueques, acabándose de una vez con la competencia troyana. La nave, demasiado cargada de harina y de hombres, bogaba despacio. Contemplé largamente las casas de mi pueblo, a las que el sol daba de frente. Tenía ganas de llorar. Me quité el casco y oculté mis ojos tras de las crines enhiestas de la cimera que tanto trabajo me hubiera costado redondear —a semejanza de las cimeras magníficas de quienes podrían encargar sus equipos de guerra a los artesanos de gran estilo, y que, por cierto, viajaban en la nave más velera y de mayor eslora.

Alejo Carpentier, Cuba, 1904-1980. Novelista, cuentista, ensayista, musicólogo y diplomático cubano. Entre sus obras pueden señalarse «Los pasos perdidos», «Concierto barroco», «El reino de este mundo», «El siglo de las luces».

Indice